魔幻侦探系列

2

水中消失

林詠琛 ⊙ 著

深圳出版社

图书在版编目（CIP）数据

水中消失 / 林詠琛著 . -- 深圳：深圳出版社，
2025.1. --（魔幻侦探系列）. -- ISBN 978-7-5507
-4108-9

Ⅰ . I247.5

中国国家版本馆 CIP 数据核字第 2024U38Z80 号

版权登记号 图字：19-2024-164

水 中 消 失
SHUIZHONG XIAOSHI

出 品 人	聂雄前
责任编辑	何旭升 孙 艳
责任技编	梁立新
封面设计	于吴万勃

出版发行	深圳出版社
地　　址	深圳市彩田南路海天综合大厦 （518033）
网　　址	www.htph.com.cn
订购电话	0755-83460239（邮购、团购）
排版设计	深圳市无极文化传播有限公司 Tel：19168919568
印　　刷	深圳市汇亿丰印刷科技有限公司
开　　本	889mm×1194mm 1/32
印　　张	6.125
字　　数	135千
版　　次	2025年1月第1版
印　　次	2025年1月第1次
定　　价	50.00元

目录

Chapter 0　楔子

苏格兰　斯开岛（Isle of Skye）

在滂沱的雨水浸润中，一辆红色小车在苏格兰高地蜿蜒曲折的山路上爬行。

雨丝不断敲打车窗玻璃，雨刷伴随激昂的雨声，猛烈左右摇摆，在玻璃上重重叠叠地画出弧形曲线。

道路前方云雾朦胧，孔澄手忙脚乱地操控着方向盘，应付一个紧接一个出现的陡弯。

道路上终于出现蓝底白字的 Kilt Rock 路标。

孔澄打亮转向灯，把小车右转，驶进荒野中为游客建设的停车坪。

嘀嘀嗒嗒的提示音，宛如孔澄紊乱的心般跳跃鼓动着。

前方视线模糊不清，孔澄打开车头灯。

车头灯昏黄的光圈不断前进，照出停车坪尽头白色房车的轮廓。

孔澄心头一紧，把小车急急刹住，踉跄地打开车门，跑至白色房车前。

车内空荡荡的。

孔澄抬起头，在暴雨中，环视着天涯海角的四周。

灰沉沉的天空，冰蓝色的大海，崎岖不平的泥土色巨岩。

透明的雨丝，混合着冰凉湿冷的空气，不断落下。

在天涯海角的尽头，那个熟悉的身影映入眼帘。

找到了！孔澄朝那身影直奔而去。

身影一步一步移近悬崖边缘。

"不！不要！"孔澄的呼叫声，被吸进了狂啸的风声和雨声中。

在如瀑布般的水帘中，那模糊的身影，朝悬崖下的怒涛纵身而下。

一瞬间，时间仿佛静止了。

身影缓缓、缓缓地飘落。

"不！不要啊！"

孔澄奔跑至天涯海角的尽头，软瘫地跌跪在岩石上。

不！不要！孔澄不断在心里呐喊。

然而，一切已无法挽回。

眼底下，只有恍如延伸向永恒的冰蓝水世界。

那身影，永恒地，在水中消失了。

Chapter 1 窥伺之瞳

两星期前，香港

"庆祝你新居入伙。"

孔澄笑着把玫瑰红香槟和蛋糕盒塞进尹纯怀里。

"入伙贺礼。"

康怀华从孔澄背后探出头来，递上一个细长的黑色光漆盒。

"说过不用送礼物嘛，快点进来啦。"

一头及肩直发，鹅蛋脸上架着无框眼镜的尹纯微笑着把二人迎进屋里。

"尹纯从英国回来也快一年了，我们大学三剑侠今晚才第二次聚会，实在有点说不过去。"

康怀华吐吐舌头，习惯性地把娃娃型短发捋至耳后，领先踏进公寓里。

"大家一直各忙各的嘛。"

尹纯眼镜片后像宝石般的眼眸闪闪发亮。

孔澄最羡慕戴眼镜好看的女生。架着眼镜的尹纯，散发出独特的知性美。

"尹纯好像又变漂亮啦。"

虽然同样身为女生，孔澄仍有点着迷地看着尹纯富于古典美的白皙脸庞。

尹纯穿着薄薄的白色 V 领针织线衣和长至足踝的茶色裙，脚上踏着蓝色骡布家居拖鞋，虽然不是任何亮丽时尚的衣装，但就是很尹纯的风格。

穿着灰紫色衬衫和过膝裙，腰间系着纤细麻绳腰带的康怀华长得比尹纯标致，小巧的五官犹如洋娃娃般，但孔澄还是最喜欢尹纯这种类型的女生。

从大学时代开始，性格与孔澄南辕北辙的尹纯就是她的偶像。

虽然三个女孩子明明同龄，但尹纯举止沉静优雅，总像两人的大姐姐那样。

"哗，很漂亮气派的公寓哟。"

孔澄睁着圆眼睛环视室内。

房子里映入眼帘的，尽是一室的白。

全屋只有浅木色地板带出一点点色彩。

刷白的墙壁、透白的纱窗帘、奶白色布沙发组合、渗着淡淡茶色调的白柚木茶几、同色系和材质的书柜与餐桌，还有白藤制的椅子，连从天花板悬下的日式布灯罩，也是白麻花色。

那么地素净洁白，教来访的客人不禁暗暗担忧起来，自己身上沾着的尘垢，会不会亵渎了这儿的无瑕。

"果然是很尹纯的家耶。"

孔澄一脸羡慕地左顾右盼。

康怀华指指她送给尹纯的礼物。

"快点打开来看啦，我逛了很久才挑选到的，我想你一定会喜欢。"

尹纯用白皙修长的手指揭开黑色光漆盒。

黑色丝绒布上，放着一支 Montblanc 墨水笔。

"啊,谢谢。"

尹纯拿起纤细小巧的黑色墨水笔。

镶着精致银边的笔套上,刻印着尹纯的英文名字Heather。

"我知道你最近在做翻译工作嘛,给你工作时用。"康怀华说。

孔澄走近看起来兼作餐桌与书桌的白桌子,上面堆放着稿纸、字典和厚厚的小说。孔澄看着绘画了血淋淋脸孔的小说封面扬起眉毛。

"欸,尹纯在翻译推理小说?"

"我是推理迷嘛,央求出版社给我翻译的。我可不想翻译什么爱恨情仇六国大封相。"

尹纯微笑着,习惯性地推推眼镜。

孔澄讶异地看着稿纸,问:"你还用原稿纸?不用电脑?"

"说到底,我还是讨厌电脑。"尹纯笑说。

那张总是没化妆的脸,骤看有点冷漠,但一旦笑起来,便如水中的白莲般绽放出清亮柔美的光辉。

"肚子饿了吧?不要在这里磨蹭,帮忙布置餐桌啦,我做了很多菜呀。"

三个气质各异的女生,哗啦啦地打开话匣子步进厨房中。

那时候,她们谁也没有发现,三人嬉闹调笑的身影,如小人儿的影画戏般,活灵活现地映现在某人手里握着的望远镜镜头内。

远处，某一双窥伺之瞳，正静静地看着一切。

尹纯捧着餐盘，把一碟碟菜肴布置在餐桌上。

汤是鸡丝火踵翅。冷盘是冰醉鸡和凉拌皮蛋豆腐。主菜有柠檬汁烩鸡翅、红袍辣子鸡、干煸四季豆。

"这是什么鸡鸡宴？"康怀华咋舌。

孔澄也失望地挂下脸，问："尹纯你不是都爱做西餐的吗？我还特地带了香槟和意大利乳酪蛋糕过来。"

尹纯有点不好意思地微笑。

"待会儿还有一个人要来。想让你们见见啦。"

孔澄和康怀华相互看了一眼，露出狡狯的笑容。

"啊。"孔澄恍然大悟地看着满桌佳肴，朝尹纯挤眉弄眼，"某君是个鸡痴吧？"

"欸？原来尹纯在蜜运中，那简直是世纪大消息嘛。"康怀华嚷嚷。

"唔，从大学时代开始，男生从没停过在尹纯身边打转吧？但我们尹纯小姐却谁也看不上眼。"孔澄点点下巴。

"对呀，我们的冰山美人到底被谁抓牢了？"

"你们两个小丫头不要相声般一唱一和啦。是在我工作的出版社那儿认识的社长先生，很普通的人咃。"

尹纯脸上染上了漂亮的玫瑰色泽。

"出版社社长？能驯服高傲的尹纯小姐，应该有三头六臂，我们一定要见见。"康怀华起哄。

009

"都说待会儿就见到啦。不过他要十点左右才下班回来。"尹纯气定神闲地回答。

"回来？"孔澄的眼睛眯成一线，"喂，难不成……他住在这儿？"

康怀华张大嘴巴。

"我和饶进爱情长跑七年，还没同居哪。"康怀华泄气地嚷。

"饶进不知跟你求过多少次婚。不是你一直拖拖拉拉下不定决心，还贪恋单身贵族的身份吗？"

孔澄啐康怀华。

"多管闲事。"

"单纯恋爱也好，同居也好，结婚也好，只要一起快乐就可以了。"

尹纯一脸幸福的模样。

"喂，honey 叫什么名字？"康怀华笑着用肩头推推尹纯的肩头。

"好恶心呀。"尹纯却依然挂着微笑，老老实实地回答，"韩英树。"

说着恋人名字的每一个字时，声音里也仿佛饱含着幸福的粒子。

"英树爱吃中菜，他工作得很晚，不常跟我吃饭，所以我才不知不觉就多做了他喜爱的菜。你们放过我啦。"

尹纯站起，在陶碗里为大家盛汤。

"真没想到尹纯的堡垒会那样彻底地被攻陷。"孔澄扮个鬼脸拍拍手。

"我们真的不用等 honey 吗？"康怀华一脸色色的表情凑近尹纯，吃吃地笑。

尹纯看看墙上的挂钟，说："他没那么早，我们先开动吧。"

孔澄馋嘴地看着满桌的菜。

"那我们就不客气啦。明天我们要去苏格兰，今晚不可以玩得太晚。"

"欸？你们要一起去苏格兰吗？"

孔澄大力点头，兴奋地从背包中掏出行程表给尹纯看。

"明天出发。第一站是漂亮又浪漫的首府爱丁堡，然后是高尔夫球胜地圣安德鲁斯，再去格拉斯哥看麦金托什的建筑，然后去因弗尼斯捉尼斯湖水怪，最后就去天涯海角斯开岛抱绵羊。"

孔澄说得手舞足蹈起来。康怀华拉拉孔澄的短发。

"还有饶进一起去。孔澄来当电灯泡的啦。我们说行行好，把她塞进皮箱里。"

孔澄翻翻白眼，洋洋得意地用手指弹弹尹纯手上画满漫画公仔的行程表。

"订机票酒店这些杂务全是我一手包办，还是我用信用卡预先付款的。他们两个懒惰虫，收拾好行李就可以上路，还敢抱怨！"

"我们让你好好发挥记者本色嘛。"康怀华笑道，"唔……记不记得？从大学时开始，我们便常常计划着，有一天三个女孩一起去一趟大旅行，结果总没实现。"康怀华言若有憾地说。

"真巧，明天我和英树也去欧洲。"

尹纯的眼睛在镜片后闪动着清澈的光辉。

"欸？"孔澄和康怀华异口同声地嚷嚷。

"英树去参加法兰克福书展，我凑合着一起去。"

"噢，甜蜜的二人之旅。"

"好可惜，难得一起在欧洲，我们在苏格兰，你又去了德国。"孔澄感叹。

"唔……"尹纯微笑着说，"三剑侠大旅行未来总有机会的。菜都快凉啦，你们快点吃吧。多喝碗汤，我炖了一整天的。"

"爱心汤水又不是为我们炖的。"

康怀华不放过挖苦尹纯的机会。尹纯还是好心情地微微一笑。

孔澄大口喝着鲜美的鸡汤，拿起筷子攻击被一颗颗大红辣椒像棉被般覆盖着的辣子鸡。

"那痴情汉的事情，告一段落了吧？"孔澄鼓着腮帮有滋有味地吃着，像忽然想起似的问。

康怀华睁大眼睛说："是啊，看见杂志报道时，我还真是吓了一跳。现在的传媒也真过分，只是一桩很小的新闻嘛，却绘影绘声地图文并茂。那奇怪男人的照片不刊登，倒刊登着尹纯的照片。虽然遮盖了眼睛，认识你的人，还是会一眼就认出来嘛。尹纯明明是无辜的被害者，孔澄你们这些传媒人……"

"放过我啦，我只是贪饮贪吃的饮食版小记者。"孔澄举手做投降状，“不过，法庭也颁布了禁制令，不准那痴男再接近尹纯了。尹纯现在搬了家，他应该再找不着她了吧？总而言之，正如杂志报道，这场不大不小的‘狂汉痴恋邻居女子’闹剧算是落幕了。”

尹纯把凉拌豆腐送进嘴里，沉静地点头。

“其实也没什么啦。是杂志夸大其词罢了。”

“到底发生了什么事？”

“是个有点奇怪的男生啦。”尹纯蹙着眉说，“有一天，我穿过公园走路回家，那男人突然跑出来，从背后抱住我，说好喜欢我。”

“嗄？简直像连续剧那样。”康怀华用筷子夹着翠绿色的四季豆。胡椒和八角的香气令人垂涎欲滴。

“那你怎么做？逃跑吗？”孔澄瞪大眼睛。

“我跟他去咖啡室喝咖啡了。”

“嗄？”

“我认得他是住在同一层公寓的。因为平常遇见他时，我都会礼貌地微笑打招呼，可能让他产生误会了。我想自己也要负责任，所以就邀他去喝咖啡，坐下来跟他好好说清楚。”

尹纯果然真是与众不同的女生。孔澄暗暗佩服。

“我告诉他我另有喜欢的人了。他虽然有点沮丧，但我以为已经跟他说得很明白。”尹纯叹口气说，“是我太天真了吧？”

“结果他却变本加厉地缠着你？”

“我好像又给了他错误的希望，以为我愿意跟他交朋友，结果，他开始常常站在我家门前等我。"

"最后迫不得已只好报警？"

"其实我觉得不用报警那么严重，但英树说不能放纵那样的危险人物。"

尹纯轻轻蹙着眉。

"所以才决定搬家的吧？"

"以前的公寓也太小了，挤不下两个人嘛。"

康怀华又笑尹纯。尹纯羞涩地笑着。

门铃在这时响起来。

尹纯的脸刹那间亮了起来，自言自语道："回来了。"

尹纯高兴地站起来，半跑着到玄关去拉开大门。

孔澄和康怀华互看一眼，努力挂上矜持的表情，等待着大门打开。

踏进屋里来的却是个女人。

个子相当高，身高足有 175 厘米，长发在脑后结成髻子，穿着黑色套装，脸容优雅的女人。

"我找英树。"

女人瞥了孔澄和康怀华一眼，以平静但锐利的目光盯着尹纯。尹纯的脸色在瞬间苍白起来。

"他……还未回来。"

女人垂下长睫毛的眼帘，没有作声，盯着尹纯的骡布拖鞋一直看。

"为什么不去出版社找他？为什么要上来这儿？"尹纯客

客气气地问。

　　虽然两个女人都表现得沉静平和，但空气中却令人感受到剑拔弩张的气氛。

　　"明知道就不要问了。"

　　女人抬起眼睛，直直地看进尹纯眼眸里。

　　"我有朋友在。"尹纯低声说。

　　"叫英树偶尔也回来一下。"女人没带任何感情地说。

　　"你们不是已经在办离婚了吗？"

　　女人扬扬眉毛，以好胜的表情瞪着尹纯。

　　"英树说的？"

　　尹纯没有回答，轻轻咬着唇。

　　"那你给我传句话。告诉英树我怀了两个月身孕。"

　　女人以满足的表情，凝视着尹纯呆愣的脸。

　　"小孩明年春天就会出生了。"

　　女人露出满意的笑容，双眼闪闪发光。

　　"你和英树，明天去法兰克福就玩得高兴一点吧。"

　　女人撂下这句话，笔直地转过身，走回电梯大堂。

　　尹纯依然愣愣地站在门前，握着旋转门把的手，微微抖颤着。

　　高跟鞋尖敲在走廊冷硬的地板上，发出空洞的回声。

　　难得的聚会，结果在尴尬的气氛下草草结束。

　　尹纯虽然勉力提起精神，若无其事地回到餐桌，低声说了句："他是个结了婚的男人。你们对我很失望吧？"

"不要傻啦。"

"尹纯喜欢他就好了啊。"

"跟我们不要见外嘛。"

孔澄和康怀华有点手足无措地，竭力挂起开朗的表情安抚她。

"谢谢你们。"尹纯垂下眼帘说。

三人重新打开话匣子，聊起不着边际的话题。

然而，尹纯明显心不在焉。

结果，等不及韩英树回来，派对便落寞地解散了。

尹纯送孔澄和康怀华离去时，康怀华忽然转过身来，眯起眼睛盯着客厅的窗玻璃。

"刚才好像有什么在闪动吧？"

"嗯？"孔澄和尹纯一起转过身去，看向客厅窗外。

窗外是住宅区的其他楼群，在黑夜中，每扇窗户都散发着橘色的温暖光芒。

"窗户外好像有点光闪动了一下。"康怀华困惑地偏过头。

"可能是有直升机在天空飞过啦。"孔澄没有芥蒂地说。

"啊，这里常常会看到飞机和直升机的。"尹纯点头。

在三人回过身去的一瞬，窗玻璃上那点光又再次闪动了一下。

与康怀华在地铁站的月台分手后，回到独居的家里，孔澄一面收拾行李，一面想着尹纯的事情。

即使像尹纯这种在人生路上的优等生，在爱情路上还是会跌跤受伤。

在散步往地铁站的途上，康怀华说，爱情是必然会融化的糖果。

无论多么眷恋那甜甜腻腻的气味，无论多么努力地把它好好含在嘴里，还是无法永久保存下来的东西。

曾经存在的甜美，总会一点一滴融化消散。

这晚，好像连康怀华也突然感伤起来了。

孔澄还以为康怀华和饶进之间也发生了什么问题。

"我只是概括而言啊。"康怀华面带微笑，以淡淡的口吻说道。

很像成人的口吻和侧脸。

那样的时候，孔澄就会没来由地感到落寞。

好朋友之间总是孩子气地调笑，因为纯真的回忆，是已经变作成人的她们的避风港吧。

像儿童乐园般笑笑闹闹的时候，空气中仿佛骤然灌满了过去的味道。

令人怀念的味道。

然而，康怀华和饶进之间也好，尹纯和韩英树之间也好，他们都拥抱着只属于两个人的空间。

再真挚的友情，还是无法渗透那包围着恋人间的透明墙壁。

"但愿尹纯不会受到伤害就好。"康怀华说。

孔澄很羡慕能以恋爱专家的口吻，感受着尹纯的困扰的康怀华。

只隶属爱情幼儿班的自己，像是被摒诸门外了。

孔澄茫然地凝视着睡房床头柜上的水晶台灯。

在古董店中，巫马用泡泡纸包裹着水晶灯的侧脸，瞬间在孔澄脑海里浮现出鲜明的轮廓。

自己到底在想什么啊。

我最讨厌巫马聪了。

孔澄在脑海里，重复着与巫马分开这半年以来，不断在心里跟自己重复说的话。

他只是个伙伴。对了，是伙伴。

因为一起遭遇过那幅奇幻的画牵引出的一段奇遇，所以才久久无法将他的脸孔忘怀吧？

那个莫名其妙，自以为是，吊儿郎当，做事有头没尾，笑起来脸孔像沙皮狗的可恶男人。

胡乱地闯进别人的人生中，又像水蒸气般突然消失掉。

我最讨厌他那种型号的男人了。

孔澄不自觉地鼓起腮帮，把毛衣揉成一团，大力塞进尼龙行李箱里。

客厅的电话响起刺耳的铃声。

多半又是康怀华像老太婆般叮咛她要带保暖衣物吧？

"苏格兰的秋天，就像中国香港的冬天般冷啊。"

在月台上分手时，康怀华像妈妈般叮咛着孔澄。

真像个啰唆的大婶。

孔澄跑出客厅，拾起话筒。

"孔小澄是吧？"电话那端传来一把陌生的男声。

孔澄的心扑通扑通地跳起来。

明知她讨厌，巫马却总爱大剌剌地唤她孔小澄。

但那明明又不像巫马的声音。

"突然冒昧来电。我叫康敏行，是警察部门的。巫马跟你提起过了吧？"电话那端的男人强势地说。

"嗯？"孔澄讷讷地不懂反应。

跟巫马最后分手时，他是提起过警察部门的人会找她。

可是半年过去，什么也没发生，她早已将事情淡忘了。

而且，她早跟巫马说过，她才不要做他的接班人。

什么冥感者是她的天职 ?!

因为拥有莫名其妙的感应能力，她就必须帮忙警方解决不思议事件 ?! 她实在兴趣缺缺。

"有一件事情，要请你帮忙。"自称叫康敏行的男人说。

"对不起，巫马在哪儿？"孔澄闷闷地问。

"巫马吗？"自称叫康敏行的男人轻笑起来，"他找到你这个接班人就很高兴地退休啦，好像去环游世界了。他跟我们说，孔小澄你一定会协助我们，表现还会比他更出色。巫马那么看重的人，我们部门的人早就想与你会面了。"

康敏行拥有一把清爽的声音，笑声听起来也很清爽。

那个什么秘密警察组织，孔澄才不要像布偶般任巫马和他们摆布。

"你打电话来正好。麻烦你有机会转告巫马一声，我才不要当他的接班人。有什么奇形怪状的事情发生，你们找巫马出来就好了，我一点参与的兴趣也没有。"孔澄愤愤地说，把对巫马积累的满腔恼意，一股脑儿发泄在这个陌生男人身上。

"噢。"康敏行像很惊讶地倒吸了一口气，"巫马可不是那样跟我们说的。他说你是个可以依赖的人。"

"我想巫马弄错啦。我只是个报社小记者，贪饮贪吃又贪图玩乐的女子。我什么忙也帮不上的。"

孔澄轻轻咬着唇。

"有什么要说，你们找巫马来跟我说好了。"

孔澄有点心虚地用手指扭动着电话线。

自己绝不是在耍狡猾手段。绝不是想透过这帮人跟巫马取得联络。今生今世，才不要再见那讨厌的男人。

"啊。"电话那端的男人沉默了半晌，"原来是这样吗？"

不知怎么，透过大气声波，孔澄也觉得像被这素未谋面的男人看透了自己的心情。

"我大概明白了。"康敏行干脆地说。

"明白就好。"孔澄急急回答，"反正我明天就要去苏格兰度假了，根本没空理任何人的闲事。我要挂掉了，你们找错人啦。"孔澄朗声说。

"孔小澄。"

"我要挂掉啦。还有，请不要叫我孔小澄。"

孔澄大力挂上话筒，心怦怦地跳，像害怕着电话会再度响起来，又有点期望它会划破黑夜的寂静。

孔澄定定地看着电话。

然而，电话再没响起，像是以一脸漠然的表情嘲笑着她。

都是那个讨厌的巫马聪害的。

孔澄啪哒啪哒地走回睡房，继续收拾行李。

水晶台灯柔柔的光芒一直包围着她。

孔澄捧起放在床头柜上，用水晶珠镶嵌成的音乐盒。

那是巫马在古董店的私人珍藏。

两人分手时，这算是他送给她的礼物吧。

孔澄打开音乐盒，清灵的音乐声响彻小房子。

那么冷酷地从人间蒸发掉的话，就不要温柔地留下礼物啊。

我又不是小狗，才不要你施舍的温柔。

孔澄愈想愈气，气呼呼地把音乐盒摔在地上。

水晶珠音乐盒跌落地上，却完好无缺。

只有内里的紫色丝绒间隔匣跌歪了。

果然是间卖假古董的黑店。

什么私人珍藏，不过是玻璃胶珠盒子嘛。

孔澄愈想愈气，眼角却瞥见丝绒间隔匣下有什么露了出来。

孔澄蹲下来，拉开丝绒匣，内里藏着一枚手表。

像是塑胶玩具般的电子表。

彩蓝表面、灰黑表带，像手镯般圆滚滚的。

音乐盒里怎么藏着手表呢？

孔澄眯起眼睛，脱下手上原本戴着的男装型钢链表，把塑胶表套上。

戴在手上，感觉还蛮帅的。

是巫马忘了放在音乐盒里的东西吗？

孔澄侧着头思考着。

我才不要戴他的手表。

孔澄想伸手把表脱掉，但那只手表像完美地套上了手腕，无论怎样拆解也解不开。

怎么回事？

孔澄涨红着脸，大力拉扯着塑胶表。

塑胶表却像长在了她腕上般纹丝不动。

孔澄泄气地坐在地上。

什么玩意儿？真是倒霉。

孔澄吁一口气。

彩蓝色表面，在微暗的房间里，静静散发着奇幻的光芒。

"孔小澄。"巫马调侃的声音，好像在耳畔响起来。

孔澄骤然回过头去。

睡房里空空如也。

"孔小澄。"

孔澄呆呆地眨着眼睛。

是与孔澄拥有心电感应的巫马，真的在哪儿呼唤着她吗？

睡房里的镜子，倒映出孔澄怅然的脸。

Chapter 2　魅幻之都

苏格兰 爱丁堡（Edinburgh）

孔澄和康怀华挽着臂弯，从维多利亚式建筑的珍纳斯百货公司走出来。

个子像竹竿子般高，体格健硕，偏偏又长着一张漫画脸孔的饶进，抱着大袋小袋跟随在后。

袋子里全是孔澄和康怀华的战利品，单是苏格兰方格花纹的颈巾和围巾，两人便买了十多款不同式样，还有银制民族首饰、彩绘玻璃杯、苏格兰迷你威士忌瓶纪念套装什么的。

"两位女皇，我们来了苏格兰三天，天天都在逛百货公司和精品店耶。我们不是说好今天去参观城堡、王宫和教堂的吗？"饶进鼓着洪亮的嗓子说。

"少数服从多数。孔澄，我们待会儿去哪儿？"

"喝咖啡。"孔澄转着圆眼睛回答，"我累垮了。"

"女子所见略同。"康怀华笑着说，"城堡、王宫、教堂明天去就好啦。"

"你们天天都推说明天。"饶进没好气地说，"明天不是订好了圣安德鲁斯的酒店，我们一定要离开爱丁堡？"

"那回程再看呀。我们最后一站不是会再回来爱丁堡吗？"康怀华噘着嘴巴，"我的腿痛死了。"

"女人。"饶进翻翻白眼。

三人走在宽阔的王子街上，游人川流不息。

虽然气温只有十多摄氏度，但太阳晒在背上感觉温暖。

道路两旁除了古典建筑外，还间隔着铺上漂亮绿草坪、种满美丽花卉的公园，不远处的蓝色小河在夕暮中闪动着粼粼波光。

"能在城市的大街中看见美丽的河川感觉真棒。"孔澄感叹着。

饶进神秘兮兮地把头探进两个女子的肩膊间。

"啊，那条是巫师河，当心掉进水里，会被巫师掳去当奴婢。"

"饶进你又瞎说什么鬼话。"康怀华用手推开饶进的脸。

"我是说真的。你们不知道吗？由十六至十八世纪，这河川是用来测试巫师的。"

"测试巫师？"孔澄的眼睛眯成一线。

饶进洋洋得意地滔滔解说起来："十六世纪苏格兰由马尔科姆二世管治开始，便开展了大规模的巫师狩猎行动。被怀疑是巫师的人，会被丢进这河川里。那时候人们相信，如果被丢下河的人懂得浮上来，便是巫师的证据，会被烧死。如果他们沉落河底消失了，便是无辜的。"

"什么消失了？不是都淹死了吗？"孔澄呆呆地问。

"换句话就是说，那时被怀疑是巫师的人，无论怎样也无法活下去啦。"

"巫师的定义是什么？"康怀华一脸困惑。

"好像是拥有魔法的人，能施咒什么的。不过，也有好些不过是懂得比较聪明的治病方法，好心替邻居治病或照顾孩子，也会被邻居恩将仇报跑去告发。那时候，即使是最亲密的朋友也无法互相信任，就是那样一个人心惶惶的迷信时代。所以啊，这河川下住着不少幽灵。传说中，爱丁堡就是由幽灵主宰，布满魔法的魅幻城市。你们这些年轻女子，小心，小心。"饶进不断危言耸听。

"那不过是吸引游客的五花八门的手法嘛。闭上你的烂嘴巴，不要吓唬人啦。"康怀华没好气地说，"这世间哪有什么巫师和幽灵？"

孔澄的脸色却渐渐苍白起来。

那自己算不算是女巫呢？如果活在那个世纪，在这里就会被活活淹死或烧死吗？

可是，她并不懂得拿别人的头发施咒什么的，所以，不算是女巫吧？

孔澄害怕得闭上眼睛。

"孔澄你干吗，你又不是女巫，不用担心啦。"康怀华吃吃地笑。

孔澄却觉得饶进无心的话，仿佛带着不祥的预兆，令她脊梁上倏地爬满了寒意。

"你们感受不到这城市的魔法吗？"饶进继续夸张地高举双手，手上的购物袋颤巍巍地摇晃起来。

孔澄不自觉地拉紧了一点脖子上的灰蓝围巾。

如缎带般的水蓝色河川，吸吮着日光最后一丝精华，闪动出如镶嵌着无数颗玻璃碎片的寒光。

孔澄全身像被电殛般一震。

"不知为什么，我的心好像在发抖。"孔澄苍白着脸，迷糊地说。

康怀华睁大眼睛瞪着她，叽叽笑起来。

"孔小澄，你不要那么容易被饶进耍了嘛。是你皮衣内袋里的手机在振动耶。"

康怀华和饶进一起笑得哈了腰。

孔澄摸摸皮衣，霎时涨红了脸。

"谁打电话来嘛。"孔澄尴尬地嘀咕着。

"孔澄。"电话那端，传来尹纯含着笑意的声音。

"尹纯？"

"你与康怀华和饶进在一起是吗？"

"嗯。"

"你猜我人在哪里？"

"你不是在法兰克福吗？"

"唔，行程有点改动了。"尹纯拉长声音，慢慢地说。

"改动了？"

尹纯愉快地笑起来："我和英树在爱丁堡啦，刚刚抵达。"

"欸？"孔澄惊喜地嚷。

孔澄向着康怀华和饶进呼喊："尹纯来了爱丁堡耶。"

"你这么吵，街道上的人都在看你了吧。"尹纯笑。

孔澄看看四周，她的惊呼声果然吸引了不少途人的目光。

"怎么会？"孔澄无法置信地问。

"有某个男人要向某个女人赔罪嘛。"

孔澄立即心领神会,看来尹纯与社长先生已雨过天晴了。

"那我们不是终于可以与社长先生见面了。"康怀华把嘴巴凑过来,对着话筒嚷嚷。

"你们这两个小八妹。"

"你们现在在哪儿?"

"我们刚刚在酒店办好入住手续。在皇家哩路上的Crowne Plaza。"

"欸?我们也是啊。"

"我知道,你给我看过行程表嘛。"

此刻,尹纯和她们一起置身爱丁堡。三剑侠一起旅游的梦想终于实现了。

孔澄心情愉悦地一直傻笑,问:"那我们在酒店碰面吗?"

"好呀,我和英树在大堂等你们。"

"我们十分钟内抵达。你们可不要逃跑啊。"孔澄兴奋地嚷嚷。

幽灵餐厅坐落在爱丁堡充满中世纪风情的皇家哩路上。

在柔柔的烛光映照下,每张脸孔的线条都变得柔和起来。

孔澄坐在长方形餐桌的主位,尹纯和韩英树,康怀华和饶进分坐餐桌两旁。

摇曳的烛光。银制的蜡烛台。洁白的桌布。厚重舒适的深咖色古典皮椅。以金色丝线织成的田园风光织锦画。圆拱形落地长窗外，以昏黄小灯泡照亮的绿色庭园。

如梦般美好的异地重逢。

"要感谢你成全，我们大学三剑侠，才能在离家这么遥远的城市共进晚餐呢。"康怀华朝韩英树笑着说。

"是尹纯说想给你们惊喜的。"韩英树在膝盖上摩擦着手掌，迎着孔澄和康怀华灼灼的视线，有点紧张地说。

"我们一直期待着与你碰面呀。尹纯是大学出名的冰山美人。我们都想看看到底是谁将冰山劈开。"

孔澄知道直盯着人家看不礼貌，不过还是捺不住好奇心，无法从韩英树脸上移开视线。

"孔澄你不要胡言乱语啦。"

尹纯挂着一脸沉静的微笑，以小鸟依人的姿势，身体微倾向韩英树的左肩。

韩英树今年四十二岁，外表却比实际年龄年轻。

孔澄一直想象能抓牢尹纯的男人，一定是个气宇轩昂、玉树临风的大男人，没想到韩英树予人感觉相当随和，笑容亲切。

一双细长的单眼皮眼睛，笑起来有点孩子气。嘴唇向上掀时，右边脸颊浮现深深的笑窝。跟陌生的孔澄和康怀华说话时，还会微微脸红起来。

韩英树的脸孔说不上俊俏，也不是那种健硕强壮，能予人强烈稳定或安全感的男人，但感觉他很善良单纯。

是的，像是披着成年男人外衣的男孩。

或许这样形容一个四十二岁的出版社社长有点不恰当，但孔澄的感觉就是那样。

"我通过各位的审查了吗？"韩英树在宽敞的皮椅上有点尴尬地挪动着身体。

"你们不要一直盯着他啦。"尹纯像与韩英树感同身受般一脸不知所措。

"我们开瓶香槟庆祝吧。"饶进提议。

"好啊。"孔澄第一个忙不迭赞成。

香槟送上来后，五人一起碰杯。

"Cheers。"五人异口同声地说。

"预祝我们明天去圣安德鲁斯的旅程更愉快。"康怀华起哄。

尹纯和韩英树有点踌躇地互看了一眼。

"你们明天不是跟我们一起去圣安德鲁斯吗？"康怀华问。

尹纯摇头说："原本去法兰克福的行程也只预定五天时间。英树大后天一定要回去出版社上班了。明天大家一起去斯开岛好吗？我一直很想看看天涯海角啊。"

孔澄为难地歪着头说："我们这边的行程不能变更呀。每个城市的酒店我都在网上预定好了，登记了信用卡号码，如果临时不出现的话，全都要依照全价付款，会损失惨重的啊。"孔澄猛摇手。

"那是说，明天又要分道扬镳了吗？"尹纯失望地说。

"我们能在这儿聚聚餐总算还了心愿。天涯海角那么浪漫的地方，我们就不做你俩的电灯泡好啦。"康怀华说。

"你是在暗示我不要当你和饶进的电灯泡吗？"孔澄朝康怀华瞪眼。

"有那么一点点啦。"康怀华举起手指量度着。

"那我们到斯开岛时，也分开上路好了。"孔澄气鼓鼓地说。

"怀华在开玩笑啦。"饶进揉揉康怀华的头发，"我们老夫老妻了，哪会介意？"

"我可还是黄花闺女，谁跟你老夫老妻？"康怀华一脚踏在饶进的鞋尖上，疼得他惨叫。

"康怀华你不要老是欺负饶进啦。"孔澄路见不平。

"她没有欺负我呀。"饶进却若无其事地回复笑容。

"老夫老妻，不要在我们面前打情骂俏了吧。"

尹纯这晚异乎寻常地活泼开朗。

是因为韩英树在身畔的关系吧?

无论是康怀华和饶进也好，尹纯和韩英树也好，恋人间的关系好像总免不了阴晴不定。

像康怀华那天在地铁月台突然冒起的感伤话语。

像尹纯和韩英树不伦之恋的风暴。

但是，此刻，四人的脸上都挂着幸福的笑容。

虽然衷心替他们高兴，但这样的一瞬间，孔澄也会免不了感到寂寥。

自己也好想谈一场惊天动地的恋爱啊。

自己的恋爱运，到底是在哪里出错了?

康怀华推推孔澄的肩头，说："这样花好月圆的夜晚，你在想着色色的事情吧。"

康怀华眯起眼睛注视着孔澄。

"神经病。"

"孔小澄也有寂寞的时候吧？"

"神经病。"孔澄逃避着康怀华像看透她心情的视线，"我们来个大合照好啦。"

"好哇。"康怀华兴奋地掏出照相机。

孔澄举起手正想请服务生过来，眼角瞥见韩英树眉头深锁。

"是不是不想拍照？"尹纯以带点幽怨的眼神望向韩英树。

韩英树一脸为难地沉默不语。

在那一刻，孔澄才意会到，尹纯和韩英树之间的问题还没有解决。

韩英树舐舐嘴唇，有点困窘地解释：

"我明白你们都是尹纯的好朋友。不过，如果我要和太太离婚的话，万一那边握有我和尹纯的合照，会有点麻烦。"

"我是见不得光的人啦。或许，一直都会是那样。"在苏格兰重逢以后，尹纯第一次流露出感伤的表情，像厌恶自己般以自嘲的口吻说。

"拍照其实是很无聊的事情啦。最珍贵的回忆画面，留在心里就好。"孔澄十分懊悔自己牵扯出这个话题，急忙打圆场。

"是啦，拍照根本是很无聊的。"尹纯像在说服自己似的。

孔澄看着尹纯闷闷不乐的神情，才发现尹纯一定只是极力压抑着心里的不安和苦闷。

仔细看去，尹纯比数日前见面时憔悴了。即使在昏暗的烛光下，也可看见眼镜片后的大眼睛浮现着深深的黑眼圈。

我们总是抱着先入为主的心情，看到自己想看到的东西。

或许，尹纯的开朗快乐只是假象。

像印证着孔澄的想法那样，平日酒量不错的尹纯那夜很快便喝醉了。

孔澄从没见过尹纯醉酒的模样。

她像婴儿般眯着眼睛，一脸昏昏欲睡的迷糊表情。

韩英树温柔地用臂弯环着她的肩，尹纯也温顺地倚靠着他。

韩英树总是以深情专注的眼神看向尹纯，像世界上再容不下其他人。

然而，他是个有妻子的男人。他也会以同样温柔的目光，看着妻子吗？

与尹纯亲密交往了一年，漂亮的妻子却在最近怀了身孕。

这样想着的时候，孔澄好像感受到了尹纯绞痛的心。

五人带着醉意散去时，尹纯已醉得无法走路。

外头在下着微雨。

夜晚的空气阴冷潮湿。

韩英树把尹纯背在背上，一行人有点沉默地走在夜晚的皇家哩路上。

这条路仍然保持着中世纪情调，道路两旁尽是蜂蜜色石卵的古典建筑，半夜仍然聚满黑压压的人群。

身罩黑袍，头戴银帽，装扮成巫师模样的说书人，正率领着"幽灵之旅"，带领游人重踏爱丁堡历史和传说中最阴森可怖的地方。

"这条 Brodie's Close 死巷后，就是 *Dr. Jekyll & Hyde* 小说主人公居住的地方。小说根据 Deacon Brodie 的真人真事改编，拥有双重人格的 Dr. Jekyll，白天是人人敬爱的绅士，到了夜晚，却摇身变成邪恶的 Hyde，在十八世纪，卷起了爱丁堡的腥风血雨。各位，Dr. Jekyll 就是在你们现在身处的这条路上，每晚寻找着他的猎物，或许现在仍在这儿附近徘徊。"说书人阴森森的语调传进孔澄耳中。①

孔澄反射性地看向那条圆拱形隧道通向的漆黑死巷，心里发毛。

"Dr. Jekyll 最喜欢下雨的黑夜了。"说书人以一脸认真的表情凝肃地说。

孔澄结实地打了个寒噤。

怎可能被这些无聊的游客主题旅程吓倒呢？自己实在是个胆小鬼。

但是，孔澄从心里在发抖。

孔澄这才意会到，黄昏时，她皮衣口袋里的手机确是在振动，但她的心也在颤抖。

到底是怎么回事？

幽暗的中世纪路上，恍如时光倒流，把时间凝结了的房子

---

① 小说《化身博士》，作者是苏格兰著名小说家罗伯特·史蒂文森。该小说被多次搬上银幕。主人公 Dr. Jekyll 拥有制作新人格的能力。

和街道。

黑压压布满乌云的夜空。

弥漫寒意的秋天。

阴冷的微细雨丝。

"这是个布满魔法的魅幻城市。"饶进黄昏时的话，掠过孔澄心田。

孔澄看向韩英树善良的侧脸和尹纯像婴儿般的熟睡脸孔，感到内心柔软的部分被牵动着。

拥有感应能力的她，却没有发现，这一瞬，死亡比任何时候都接近他们。

众人身上，皆黏附着雨水冲刷不掉的死亡气息。

035

第二天分手前，众人在早上一起去看了忠犬波比的纪念铜像。

"这就是忠犬波比啊。"尹纯伸手抚摸着铜像。

波比是一头苏格兰梗犬，像玩具狗般体型小小的，拥有乌黑的毛色，杏仁形的眼睛，长长的鬃毛，直立的尖耳朵和尾巴，短而结实的脚，一副机灵活泼的纯良模样。

早上八点的太阳和煦地照在波比头上和身上。波比仿佛以一脸惬意的表情，迎视着环绕它的众人。

"就是那头在牧师主人死后，一直伴在主人墓前十四年的小狗？"孔澄也把手掌放在波比头上，像它仍活着般拍着它的头颅。

"牧师主人死后，波比一直不肯离开墓地。牧师的家人三次带它回家，它还是跑回主人墓前，躺在主人身旁。后来人们为它在那儿盖了狗屋，让它一直陪伴着主人。波比死后，人们便把它埋葬在主人身旁，并立了这座雕像纪念它。"饶进又发挥他的博学本色。

"把你这活字典带在身边真管用。"孔澄笑着说。

"狗狗对人类的爱情真不可思议。"康怀华感叹地说。

"可惜我们不能明白狗狗说的话，真想听听它们到底在说什么啊。"孔澄感受着落在肩头上柔柔的阳光。

天空虽然是苏格兰格调的雾灰色，但昨夜的阴霾已一扫而空。

尹纯笑着面向孔澄，把右手搭在孔澄左肩上。

"干吗？"

"狗狗会这样提起前腿，安稳地放在主人身上吧？我那很迷小狗的朋友说，那样的动作，就是狗狗在向主人示爱，说：'我喜欢你。请抱抱我吧。'"

"真的假的？"孔澄睁大眼睛，闹着玩地也把右手放在尹纯的左肩上。

两个女孩相视着发出会心微笑。

"我可要吃醋了。"康怀华在旁边轻嗔。

尹纯微笑着，把手搭向康怀华肩上。

"你们真像小孩。"尹纯像大姐姐般看着孔澄和康怀华。

这样的时候，孔澄就会觉得友情真是微妙美好的东西。

一起成长的三人，身畔也环绕着旁人无法介入的透明墙壁。

那是只属于她们三个女子的堡垒。

"应该吃醋的是我和韩英树吧。"饶进不甘人后地挤进三个女子中间,把手搭在康怀华肩上。"韩英树,还不过来示爱?"饶进朝有点尴尬地站在一旁的韩英树使眼色。

韩英树微微一笑,把手搭向尹纯后肩。

尹纯的肩膀微微抖颤了一下。

"来了苏格兰真好。"尹纯注视着孔澄和康怀华的眼睛说。

"是啊,真好。"孔澄和康怀华微笑着点头。

事后回想起来,孔澄但愿爱丁堡这个魅幻之都,能把时间永远凝结在那一瞬。

那无法再返回的一瞬。

苏格兰　圣安德鲁斯（St. Andrews）

孔澄坐在酒店的酒吧里,凝视着窗外夕暮中的高尔夫球场,悠闲地啜着琴汤尼酒。

酒吧里树枝形状的大型吊灯,投射着昏黄的光芒。

"如果住在这儿,生活一定很优哉。"坐在孔澄对面的康怀华伸个懒腰,娃娃型短发柔软地起伏着。

"也未免太悠闲了吧?"坐在康怀华旁边的饶进敲敲康怀华额头,"你们两位女皇回香港后,担保会胖两公斤。"饶进笑着说。

是哦,这三天以来,每天也是在这宁静的小镇闲逛。每天好像也只是不停地吃、吃、吃。

孔澄爱上了苏格兰传统的奶油焗黑斑鳕鱼早餐，嫩滑的鱼块上覆盖着漂亮的半熟烤蛋，用叉子戳破黄黄的蛋浆，沾满鲜美的鱼块和香喷喷的奶油，含在嘴里黏黏稠稠的幸福味道，真是天衣无缝的美妙组合。

来了苏格兰三天，三人每天先享用像盛宴一般的早餐，悠哉地逛逛城堡或市街后，又搜寻享用下午茶的精致餐厅，晚上再来豪华的五道菜晚餐。这样的生活，真是太幸福了。

"不知道尹纯和韩英树这几天在做什么？"孔澄托着腮，看着窗外渐渐暗下来的天色呢喃。

高尔夫球场刚刚亮了灯。

一条黑色小狗伴着主人在打高尔夫球。

小狗乖巧地一直待在高尔夫球袋旁边。无论主人和友伴走往哪儿，它都只是安稳地待在袋子旁边。待主人每次走过来背起球袋向下一个球洞进发，它旋即活蹦乱跳地起来，紧贴着主人的脚步。

"真是头伶俐的小狗。"康怀华眯着眼睛看着微暗的球场。

孔澄知道在那一瞬，两人一定心意相通地在想着尹纯。

然而，两人却不知道，当她们在圣安德鲁斯悠闲地消磨时日，每天挺着隆起的肚子笑笑闹闹的时候，在苏格兰另一端的天涯海角，悲剧正在悄悄上演。

如果地球上的万事万物都是相互平衡的话，那么，当地球某个角落正有人快乐欢笑的时候，在地球的另一端，一定有人在悲伤流泪。

快乐总偎依着悲伤。

幸福总背负着不幸的暗影。

酒吧桌上的手机像跳舞般振动起来，孔澄飞快地接起电话。

"尹纯和韩英树应该差不多到机场了吧？"孔澄笑着看向康怀华说。

"尹纯吗？"

电话那端传来沙沙的杂声。

"孔澄。"

"你们到机场了没有？"

"我在爱丁堡。"尹纯顿了顿，不知道是电话的杂声还是什么，尹纯的声音听来沙哑低沉，"在警察局里。"

孔澄呆呆地张着嘴。

警察局？

"英树他……"尹纯呆呆地无法说下去。

"发生了什么事？"

尹纯深吸一口气，说："我们在斯开岛出了意外。"

"意外？到底怎么了？出车祸了吗？你有没有事？"

尹纯颤抖着声音，断断续续地说："掉下去了，英树他，在天涯海角失足掉了下去。"

孔澄愣愣地握着手机。

窗外绿色草坪上的主人和小狗，一步一步走向远方的球洞，主人和狗的身影，没入了幽暗的树丛中。

Chapter 3　悬崖上的欧石南

苏格兰　爱丁堡（Edinburgh）

孔澄和康怀华站在酒店大堂，孔澄已数度跑到马路边，张望朝酒店驶来的汽车。

"警察是不是真的会好好送尹纯回来？"康怀华不放心地问。

饶进用手指抓抓眉毛叹口气说："如果放她一个人四处走，真不知道会发生什么事情。"

孔澄微微蹙着眉。

酒店的旋转门转动起来。

尹纯低头走在前面。一个穿着海军蓝衬衫与深色西裤，体格精悍，褐色头发蓝眼睛的中年男人，紧随在尹纯身后走进大堂。

三人疾步迎向他们。

"我是斯开岛警察分局的威廉警官。你们是尹小姐的朋友？"男人用带着浓重苏格兰口音的英语问。

三人颔首。

尹纯的脸色惨白，眼镜片后的眼睛茫然没有焦点，一头及肩直发黏黏答答地贴在像缩小了的脸颊上，身上红豆色的毛衣和灰裙仍黏附着海潮的气味。

"你们会陪伴她回香港是吗？"威廉如释重负地问。

尹纯像完全没有听进他们的谈话般，忽然微微抬起手掌，愣愣地凝视着自己的手。

"手好小。"尹纯像自言自语般喃喃地说。

孔澄和康怀华不知所措地看着尹纯。

"我的手好小呢。"尹纯抬起眼睛，视线没有远近感地喃喃说着。

"你们会送她回香港，是吗？"威廉像已习惯了尹纯的失常，重复地问。

"你们不再继续找寻韩英树了吗？"康怀华问。

威廉摊摊手。

"我们已经派出搜索部队搜索了两天。巨岩悬崖下的石群上没有任何发现，在附近的海面也彻底进行了搜索。"威廉顿了顿，"生存的机会实在很渺茫。"

威廉清清喉咙继续说："我早上已和尹纯小姐在爱丁堡这边的警察总部正式做好了记录。当然，如果有什么奇迹发生的话，我们会第一时间通知尹小姐。"

威廉尴尬地扬扬硕大的手掌。

"但照目前的状况而言，我想尹纯小姐还是回家去，有家人陪伴着会比较好。"

那等于是宣判警方已经放弃希望了。

孔澄和康怀华倒吸了一口气。

"到底怎么会……"康怀华喃喃念着。

"尹小姐这几天也没怎么休息过，你们好好陪伴着她吧。"

威廉露出不知如何抽身而退的为难表情。

"尹纯，你也累了吧？"康怀华轻轻搀扶着尹纯的肩，"我们进房间再说吧。"

威廉看着各人，说："我今天就要回去斯开岛分局了。如果有什么事情的话，你们可随时致电这边的总局。"

孔澄点头。

四人刚想转身走向电梯，威廉忽然又叫住了他们。

"方不方便跟你单独说几句话？"威廉看着饶进，又看看孔澄和康怀华，"或者你们任何一位也可以。"

"饶进，你和康怀华先陪尹纯回房间吧。"

孔澄把脸转向威廉。

"有什么事情吗？"

威廉沉吟着，等待三人的背影走远，才缓缓开腔。

"你们是好朋友？"

孔澄点头。

"一起来苏格兰旅行？"

"也算不上是这样。"孔澄微微蹙着眉，"我们分成两伙来旅行的，三天前在爱丁堡一起碰面吃过饭，之后便分手了。尹纯和韩英树租车去斯开岛玩，我们另外三个人去了圣安德鲁斯。"

都是自己不好。尹纯曾提议大伙儿一起去斯开岛玩的。是她舍不得酒店预付的房租，大家才会分开。如果一直在一起的话，或许就不会发生意外了。孔澄茫然地想。

威廉叹了口气。

"其他游人最初在 Kilt Rock① 发现尹小姐时，她在悬崖边缘独自徘徊喃喃自语，情况有点险象环生。接获通报，我们赶

---

① 裙岩悬崖，苏格兰地区有名景观，因形似苏格兰裙子而得名。

到现场时，尹小姐的精神状态还是一片混乱。我们最初还以为，"威廉有点尴尬地搔搔头，"还以为她是精神失常的女人。"

威廉有点困窘地回避着孔澄反感的视线。

"她和死……失踪的韩先生感情很要好？"

孔澄点头。

"发生意外的地点，已经用铁丝网围栏间隔开了，现场也有瞩目的警告牌劝告游人不要到铁丝网外。当然，我们知道每天也有很多游人不理会警告，攀出悬崖边缘拍照什么的，但是，从来没有发生过有人失足的意外。"

"没有人看见意外发生的情形吗？"孔澄问。

威廉摇头。

"现场有一组英国旅行团，其中有团员记得在停车坪见过一对亚洲籍情侣，但意外实际发生的过程，好像没有人见到。无论如何，那样做还是太鲁莽了。"

孔澄咬着唇。

"我想你们最好多注意尹小姐，以她的精神状态，说不定会做什么傻事。"

孔澄点头说："我明白了。"

"我想跟你说的就是这些。"

"谢谢你。"

"我们也没帮上什么忙。"威廉叹口气，"很抱歉，我当初看见尹小姐时，还真希望一切是她的妄想。我们苏格兰人对这里雄伟的大自然景观十分自豪，当然不希望发生任何不幸的意外。从今以后，那儿恐怕又会流传出各种毛骨悚然的传说吧？悬崖上的幽灵什么的。"

威廉苦笑着，朝孔澄欠欠身。

目送着威廉的背影，孔澄仍愣愣地站在灯光灿白的大堂中央。

幽灵？

那一瞬，孔澄深深地后悔着。

自己难辞其咎。

在遭遇"画中消失"的事件时，巫马曾经跟她说过：

"孔澄，闭上嘴巴，张开眼睛，好好看清楚你身边的一切。"

分别后，她却将巫马的教诲完全忘记了，只是糊糊涂涂地继续胡闹过活。

如果她有听巫马的话，如果她有好好锻炼自己的能力，或许，她会有能力预知要上演的悲剧吧？

孔澄想起了自抵达苏格兰以后，不断在她身边出现的微妙信息。

饶进说着巫师河传说时，爬上脊梁的寒意。

尹纯打电话给她时，心里的抖振。

在皇家哩路上说书人带给她的死亡暗示。

对于种种黑暗的预感，孔澄却别过脸去，无知无觉。

如果……

悔恨如浪涛般冲击心头。

"我可是一直把你想成会蜕变成漂亮蝴蝶的幼虫啊，孔小澄。"巫马的话语不断在孔澄耳畔回响。

如果……

孔澄觉得，好像是自己把韩英树推下了悬崖。

身边明明不断出现向她提出警告的暗示，愚笨迟钝的她，却置若罔闻。

如果她有好好认真地锻炼，好好发挥巫马说她拥有的潜能。

如果……

孔澄眼眶发红。

自己还是丑陋的幼虫，有一天，真的能蜕变成漂亮的蝴蝶吗？

"我的手原来这么小。"在酒店房间里，尹纯仍然呆呆地瞪视着自己一双手。

047

孔澄在尹纯坐着的床边蹲下来。

"我们都在这儿啊。"孔澄注视着尹纯镜片后失神的眼睛说。

"是我杀死他的。"尹纯以空虚的表情，回看着孔澄的眼眸。

"你别傻啦。"康怀华也蹲下来，用手抚了抚尹纯的背。

"是我杀死他的。"

尹纯像崩溃般用手捂着脸，抽搐着肩膊，失声痛哭。

那哭声里混杂着哀鸣。像受伤的小动物般无依无助地哀鸣。

"如果我不是和他吵架，如果我不是一直对他太太怀孕的事情耿耿于怀，如果不是我像个蠢女人般耍性子，一切便不会发生。"尹纯全身颤抖着，无法说下去。

孔澄静静地拥着尹纯，任由她放声大哭。

"我要怎么办？怎么办？"尹纯哀鸣着。

"到底发生了什么事？"背靠墙上的饶进问。

"你让尹纯好好休息，不要烦她啦。"康怀华烦躁地瞪了饶进一眼。

"你们不要因为我吵架。"尹纯用手背不断抹着泪，"都是因为我跟英树吵架，他才会攀过那些铁丝网。为什么他要对我那么好？悬崖边缘，长着漂亮的粉红欧石南。"

"欧石南。"孔澄重复着尹纯的话，开始明白了。

欧石南，Heather，尹纯的英文名字。

在天涯海角的褐色悬崖上，突出水蓝色海角的一端，长着娇嫩的粉红小花丛，随海风轻轻舞动。

"他说要摘悬崖上的欧石南送我。他不过想逗我笑。"

尹纯抬起脸来，脸上凝结着悲伤的微笑。

"他说要送我一株美丽的欧石南。"

"尹纯，"康怀华也跟着哭起来，"怎么会那样？"

"我有一起攀出悬崖阻止他啊。我终于笑了，笑着拉扯他的外套。英树也笑起来，一把拥着我。我把脸埋在他的胸前，然后，英树孩子气地说'你看'，我循声音抬起脸，英树在笑着，好像想指什么给我看，然后，他就像脚下一滑般……"

尹纯的声音颤抖着。

"一秒钟前，我还好好地，结实地拥着他，但是，突然间，他就掉下去了。"

尹纯猛摇头。

"到底为什么会这样？我明明好好拥着他的啊。隔着厚厚的呢绒外套，我还是可以感觉到他的体温，英树的胸膛好温暖。"

尹纯的眼泪滴在酒店房间厚厚的红地毯上。

红色的眼泪。孔澄茫然地想。

"我不会忘记他那一瞬间的表情，错愕和不解的表情。"

尹纯继续滴着红色的泪。

"我伸手想抓紧他，我伸出手，我明明抓到他了。"

尹纯张开右手，茫然地凝视着自己的手掌。

"原来，我的手好小。"尹纯喃喃地说，"好小。小得无法抓紧他。"

尹纯茫然地摊开左手手心。

"最后，只抓到他外套上的纽扣。"

从刚才，孔澄便留意到尹纯一直紧握着左手拳头。

尹纯的左手心上，躺着一颗银灰色的纽扣。

"是我杀死他的。"

尹纯像着了魔般，呆呆地瞪视着那颗银灰色纽扣。

孔澄也认得那刻印着徽号的纽扣。

在幽灵餐厅见面时，韩英树披着灰色呢绒外套，外套上是一排三颗刻印着徽号的银灰纽扣，在烛光中反射着闪烁的光。

孔澄把手掌盖在尹纯的左手上。

"你不要胡思乱想。"

孔澄把额头贴着尹纯的额。尹纯的额际冰凉。

孔澄闭上眼睛，忍住要夺眶而出的泪水。

"尹纯。"孔澄不知要说什么才好。

就在那一瞬，孔澄在紧闭的眼睑中清晰地看见了韩英树。

披着灰色呢绒外套的韩英树，站立在一列书柜前面。

孔澄心里一震。

是感应。对韩英树的遗留物银灰纽扣的感应。

孔澄"看见"纽扣的主人韩英树，站立在一处像图书馆的地方。

孔澄紧闭眼睛，在覆盖着尹纯的左手上加重力度，集中念力探寻着。

是的，韩英树在那儿。

占据着整面墙壁的书柜上，排列着一本本厚厚的皮装书籍。

深红色、深绿色与深蓝色的皮装书，像是古典名著的感觉。

室内有点幽暗，但是韩英树面向书柜的侧脸，清晰地烙进孔澄的"视界"。

孔澄猛然张开眼，无法置信地眨着眼睛。

令孔澄惊呆的，不是看见韩英树的奇幻感应，而是另一个更重要的信息。

纽扣的主人还活着。

孔澄感应到生命——心脏与脉搏的跳动。

韩英树仍然活着!

晚上的天气又转为阴寒。

虽然没有下雨，空气中却满溢湿气。

孔澄把双手插进褐色皮衣口袋里，有点神经质地用手指重复地翻弄放在口袋里的纽扣。

孔澄没有向尹纯、康怀华和饶进解释自己的惊愕。

她害怕带给尹纯希望后，如果自己的感应出错了，又会再带给她另一次残酷的打击。

不过，即使她愿意掏出真心说亮话，"我感应到韩英树仍然活着"那样的话，会有人相信吗？

冥感者的路是孤独的。曾经，有某人跟她说过。

孔澄只是以避免尹纯睹物思人为借口，代她保管着纽扣。

口袋里的纽扣触感冰凉。

酒店里，大家都已经熟睡了吧？

不，想必大家都会度过一个无眠的夜晚。

孔澄独自一人溜了出来，她想呼吸一点新鲜空气。

已经很久没有运用过感应能力了，胸腔中有苦闷窒息的感觉。

孔澄呼吸着夜街的冷空气。

旧城区皇家哩路上依旧聚满游人，但街道两旁的照明却很昏暗。

是配合这号称"幽灵城市"的气氛吧？

孔澄抬头看看天空，黄色的月亮在深紫色的夜空里忽隐忽现。

兴建在火山岩上，充满不安定感的街道。

孔澄脚上的球鞋，踏在卵石路上，静悄无声。

如果石头和墙壁会说话，这城市的石头和墙壁，恐怕可以说上一千零一夜的故事吧。

却全都是腥风血雨的故事。

双重人格的狂魔居住的死巷。

不断杀人贩卖尸体的冷血狂徒的黑店旅馆。

对无辜百姓冠以巫师冤名再施以百般酷刑的刑场。

世界上好像再没有任何地方,会有如此多染满鲜血的场所,浓缩在一个城市里。

每走过一处闻名的魅幻景点,孔澄都会不自觉地缩缩脖子。

自己明明是个胆小鬼,为什么要巴巴地跑来什么幽灵城市?

在孔澄的想象中,爱丁堡应该是个充满浪漫感觉的城市。

中世纪的街道。

全英国最漂亮的乔治亚式建筑。

宏伟的城堡。

瑰丽的宫殿。

古老的教堂。

在街头穿着传统苏格兰服,鼓起双颊吹奏风笛的身影。

在今天以前,孔澄也确实认为来到了爱丁堡真好。

但是,是因为听了太多传说,the power of suggestion[①] 在作祟吗?

游目四顾,街道每一个昏暗角落,也仿佛藏匿着拥有神秘力量的影子。

孔澄甩甩头。

不要自己吓唬自己。

图书馆。对了,明天第一件事情,就去访寻这儿的图书馆。

"十八世纪以前,爱丁堡新城区还未建成,旧城区人口膨

---

① 暗示的力量。

胀的问题十分严重。这里是欧洲最早兴建'摩天大楼'的城市，当时已有楼高十四层的大厦。但低下阶层的穷人，就被迫住进你们现在脚下的地窖中。地窖中的生活条件十分恶劣，既没有水务设施或电力供应，又没有通风系统。霍乱、伤寒、天花等疫病愈来愈严重。一六四五年，一场瘟疫便夺走了这条死巷下的所有人命，传说……"

又来了。孔澄望向对街，全身包裹着黑色长袍的说书人，以低沉沙哑的声线，像想把游人吓得心胆俱裂般，娓娓诉说着。

孔澄望向背向她的黑压压的人群。

这些人为什么会付钱参加什么"幽灵之旅"，让别人把自己吓得魂飞魄散？

孔澄在报上看过，甚至有人在参观地窖的幽灵之旅中被吓昏了。

实在也够奇怪的，就算有人付钱请我，我也绝对绝对不要参加这么可怕的惹鬼活动。

孔澄正想转过身去，眼角却瞥见了一个背影。

巫马？

孔澄呆呆地瞪着混在人群中，走在最前端的男人背影。

高高的个子，站在一群外国人中也显得相当醒目。

短平头、黑色套头毛衣和牛仔裤。

双肩微微向前倾，给人优哉又吊儿郎当的感觉。

孔澄如在梦中般擦擦眼睛。

是自己的幻觉吗？

"巫马。"孔澄低声呼喊。

一群人鱼贯走下地窖。

站在最前头，像极了巫马背影的那个男人更是率先踏下了石阶。

该死！孔澄情急地跑过马路，紧贴着那有三十多人的团队。

地窖凹凸不平的石阶，引领向深深的地窖迷阵。

石壁在昏黄烛光的映照下，未置身其中已觉鬼影幢幢。

该死！孔澄着急地跺着脚。

"这是爱丁堡最闻名的地窖迷阵，建于十八世纪末。二十世纪八十年代中期才被发现，换言之，这黑暗迷城已被封闭了接近二百年，从没透进过一丝阳光。大家可要跟着大队，不要走失。如果你走失了的话，我们找到你或许也已经太迟了。"

有人拍拍孔澄的肩头，孔澄吓得整个人弹跳起来。

"小姐，"一个披着黑袍的年轻人笑看着孔澄，"旅程还未开始就这么害怕了？"金发碧眼的年轻人露出诡谲的笑容。

"你不要那样吓人啊。"孔澄没好气地说。

"我是想问你，小姐你付款买票了吗？"年轻人像觉得孔澄十分有趣地看着她。

"喔。"孔澄狼狈地在牛仔裤口袋里掏出钱包，把纸币交给年轻人，换回入场券和简章。

年轻人扬扬手，示意孔澄走下石阶。

孔澄是团队的最后一个，走在前头的人，已刚刚转进了右边第一个地窖。

还好有导游跟在自己后面。孔澄想着，悬宕的心总算放下了。

"那好好享受你的旅程啰。"

年轻人朝孔澄眨眨眼睛，在外头伸手关上绿色铁闸门。

"嘎？你不是一起……"

孔澄绝望的叫声，被关上铁闸的喀啦声覆盖掉。

孔澄回过头去，前面的人群已不见了踪影。

该死！孔澄犹豫地把右手放在微微潮湿的岩石壁上，像受刑的囚犯般，慢吞吞地一步一步走下石阶。

黑漆漆的地下洞穴里，只有白色烛光的微弱照明。

走过狭窄冰冷的走道，幸好已可听见人声。

说书人和团队似乎仍在右边第一个地窖里。

孔澄像生怕惊动什么似的蹑手蹑脚走进去。

团队最后的几个游客回过头来看了孔澄一眼。

"有这么多人在一起，不用害怕，不用害怕。"孔澄微微吁一口气，在心里不断跟自己说。

巫马在哪儿？那个背影真的是巫马吗？

孔澄踮起脚跟，想越过其他人的肩膊，看向团队的最前面。

外国游客的个子全都比她高出很多，而且地窖内的烛光又暗昏昏的。

孔澄拼命向前挤数行，踮高脚跟继续张看着。

"这部分地窖在南桥底下，十八世纪时用作各种工匠的工作室、储藏室和民居。试想象，那时候的人们，就是过着这种不见天日的生活。地窖内二十四小时也是黑漆漆的，只有油灯和火炉照明。杀人贩卖人体器官的 Burke and Hare[1] 所经营的黑店旅馆，就在你们头顶上不远的街道。这里的储藏室，到底有没有曾经被用作某种'特别'商品的储藏用途呢？"

够了，够了，拜托不要再说下去啦。孔澄有用双手捂住耳朵的冲动。

"二〇〇一年，国际科学节开展的爱丁堡'捉鬼敢死队'计划，由国际专家用最先进的仪器探测，证实这里是全世界超自然能量活动最频繁的场所。我说话时，你们最好不要四处张望，以前便有导游和游客，曾经看过在墙壁上浮现出的脸孔。"

救命，谁来救救我啊。孔澄想拔腿就跑，但早已双脚发软。

"自己会成为另一个因为被幽灵之旅吓昏而上报的人吗？"孔澄头脑发麻地想。

拜托这精神虐待之旅快点结束吧。

孔澄紧跟着大家的步伐，心惊胆战地穿过一个个地窖，听着说书人真的如一千零一夜讲述般，永远有说不完的幽灵故事。

不要听，不要想。对了，把听觉关闭，把视觉关闭。这样就不用再受折磨了。

孔澄努力尝试把说书人的声音，从大脑的接收神经里删掉，但愈是害怕，说书人的声音便好像愈清晰。

啊，原来这方法行不通的。

孔澄已经开始眼前发黑了。

虽然再努力向前挤了数行，但前面黑压压的人群身影，已

---

① 布克和海尔，同名电影里从事人体器官买卖勾当的人。

变得有点飘飘荡荡，只有说书人苍白的脸孔和手上的烛光映照的阴影，好像变得愈来愈清晰。

他们是特地挑选脸色那么苍白的人当说书人的吗？

孔澄努力用实际的思维方式，思考实际的事情。

不要想虚幻的事。不要想魅幻的事。

"以前的游客之中，不少人见过小孩阿积。如果你看见一个穿中世纪破破烂烂服装的小男孩绕在你们身边跑，不要作声，在地窖不要呼叫。阿积是被谋杀的小孩，但他是善良的，只想找人和他玩。有时候，他还会不经意地牵着你们这些访客的手。"

孔澄反射性地看看自己的手。

不要。千万不要牵我的手。拜托。千万不要。

孔澄的眼光在地窖里乌溜溜地转。

没有奇怪小孩。没有。

"看见阿积不用害怕，不过，如果看见皮靴先生的话，就要小心。他最讨厌闯入者了。以前被吓昏的游客，都是皮靴先生的作为。传说他就是杀死小孩阿积的男人。他的特征是穿着簇新而擦得发亮的及膝皮靴。在参加简章中提醒过大家了，今晚没有人穿球鞋进来吧？皮靴先生好像很讨厌现代的球鞋，每次在地窖里遇上奇怪事情的游客，都是穿着球鞋的。"

孔澄呆缓地把视线移向自己一双黑色球鞋上。

我这双是步行鞋。不算球鞋，不算球鞋。

右边大腿至足踝，却突然感到一股寒意袭来。

一阵阴冷的气息，轻轻吹着孔澄的后颈侧。

"哗！"孔澄闭上眼睛，歇斯底里地尖叫。

地窖里所有人都吓得脸色发青地转过头来。

"哇啊，对不起。"

孔澄背后响起一把熟悉的男人声音。她猛然张开眼睛转过身。

"呵，开玩笑的。只是跟她开个玩笑啦。"

巫马欠着高大的身躯，嬉皮笑脸地说。

众人如释重负地吁口气。人群中有人像感到很有趣地叽叽笑起来。

笑声感染了大家。

地窖内阴森可怕的气氛骤然一扫而空。

只有孔澄还是吓得铁青着脸，呆呆地看着突然在她身后出现的巫马。

"孔小澄，你还是一点进步也没有啊。"巫马拍拍孔澄的后脑勺，一脸优哉地说。

Chapter 4　传说中的脸

"巫马。"孔澄感到眼睛润湿。

面前的真是巫马啊。

但是看着他微弯下高大的身躯，像逗着好玩的小狗般瞪着她的模样，孔澄心里愈来愈气。

孔澄瞪着那闪烁的眼睛，那排咧嘴而笑时露出的雪白牙齿，那被日晒染成棕色的皮肤，那像天塌下来也可用双手从容支撑着的强壮体格……

孔澄转开视线。

不，巫马是个莫名其妙，自以为是，吊儿郎当，做事有头没尾，笑起来脸孔像沙皮狗的可恶男人。孔澄不断在心里跟自己说。

胡乱地闯进别人的人生中，又像水蒸气般突然消失掉。我最讨厌他那种型号的男人了。

"孔小澄，看来你需要像我这样的谦谦君子当护花使者，才能完成这'可怖'的旅程吧。"

半年不见的巫马，厚着脸皮用强壮的手臂挽起孔澄的手臂，跟随继续向另一个地窖移动的团队前进。

隔着毛衣，还是可以感到巫马硕大手掌的热度。

虽然不愿承认，但孔澄心里感到踏实而安稳。

这样的话，走到哪里也可以。

孔澄甩甩头。

"你怎么在这儿？"孔澄赌气地鼓着腮帮问。

"我有事找你呀。"巫马直视着前方的石壁回答。

"导游说不要东张西望呀。"

巫马笑起来，不在乎地耸耸肩。

"孔小澄你这样当不成接班人的啊。"

"谁要当你的接班人？自以为是。"

"我原本可是在墨西哥悠闲地晒着太阳喝着龙舌兰，特地付了那么昂贵的价钱买机票过来找你，你却好像很讨厌看见我哟。心情不好吗？"巫马无知无觉地问。

"你怎会知道我在这儿？"孔澄忽然想起。

巫马用手拉起孔澄灰蓝毛衣的袖口，像玩着好玩的玩具般转了转孔澄腕上手镯型的塑胶表。

那枚幻彩蓝色表，戴上手腕后怎样也脱不掉的手表。

"喜欢我送的礼物吗？"巫马眯起眼睛笑问，"这是美国最新研制的 GPS 手表哦。手表内置有全球定位系统，你人在哪儿，我只要上网就随时可以找到。有趣吧？这表是设计给小朋友戴的，让父母可以随时得知小孩所在。不过，给小朋友戴的玩意儿，毕竟跟孔小澄很搭调哟。"

巫马呵呵笑起来。

真卑鄙，送音乐盒给我原来只是幌子。他和那个秘密警察组织，把我看成动物园里的小动物吗？

孔澄涨红着脸，气鼓鼓地用力试图脱下手表。

"啊，我忘了说，这手表最厉害的是可以遥控锁死，因为是给小朋友的护身符嘛。一旦戴上后，只有用父母手上的电子钥匙才能解锁。所以，我现在在充当孔小澄的父亲啦。"

巫马又厚着脸皮吃吃地笑起来。

谁要当你的女儿？巫马应该只比她年长五六岁吧？孔澄愈来愈气，还在徒劳地拉扯手表。

"真是好心没好报，这是你的护身符呀。你每次强行除表的话，我便会接收到警告信息，知道你有危险。就像阿拉丁神灯那样。你不想擦着阿拉丁神灯时，有像我这样高大威猛的男人来救你吗？"巫马半开玩笑半认真地说。

只要戴着这枚手表，巫马便会在她需要他时出现？

孔澄放弃了拉扯手表。

"这手表外形其实也不错啦。我、我也没戴其他手表来。唔，看时间也是必要的。"

孔澄嘀咕着，掩饰地拉下毛衣衣袖，小心翼翼地盖着手表。

"你不是说有事来苏格兰找我吗？那你又不去找我，半夜来什么可怖的幽灵之旅？"

"我才刚刚抵达呀，想着明天去找你的。传说有不少人曾看见魅幻幽灵的幽灵之旅，我巫马聪怎可错过？"巫马哈哈笑着，"不过竟然还有意外惊喜，孔小澄你自己送上门来了，我们倒是蛮有缘分的。"

孔澄的心怦怦跳。

"所以我才一直说你是最合适的人选哦。"巫马没半点芥蒂，理所当然地说。

不知为什么，孔澄心里骤然有空洞洞的感觉。

"你找我到底什么事？"

孔澄知道失踪半年毫无音信的巫马，当然是因为组织的事才会千里迢迢来找她。

是跟那个康敏行所说的事情有关的吧？

"小康找过你吧？"巫马收起玩世不恭的笑容，回复以正经的表情。

果然。

虽说早预料到了，孔澄的心还是不禁沉下去。

巫马搔搔头说："你令我很为难哦。我们不是说好了，请你以后好好帮忙组织的吗？他们会付你很可观的酬劳的。"

"是你一意孤行替我安排的，我可从没答应过。"

"孔小澄。"巫马突然以有点严厉的语气说。

不笑的巫马。

没有表情地沉思时，侧脸很有个性的巫马。

孔澄默不作声。

巫马耸耸肩说："你不肯帮忙，硬要我老人家出来丢人现眼也没有办法。不过，我也跟你说过，我的能力已逐渐减退，我总有一天要退出的。"

"我觉得你还很厉害啊。"孔澄真心地说，"比我强多了。"

"那只是因为你懒惰又不投入的缘故。"巫马不留情地说。

"我还有很多事情也不懂。你硬要一意孤行地让我担当一切，我也很困扰。"孔澄小声地说，"我不像你，对很多事情，还是会害怕得不得了。"

巫马叹口气说："是吗？"

巫马顿了顿，放软了语气。

"或许我也有不对。我对你寄望太殷，太急切了吧？"

巫马有点烦恼地摸了摸自己的短平头。

"那……你跟我一起回香港，我们一起干怎样？发生了我们必须帮忙的事情。人们的梦境被吃掉了。"巫马语气凝重地说。

"梦境被吃掉了？"孔澄茫然地问。

巫马深邃的眼眸闪动着光芒。

"这是组织的最高机密，不尽快找出解决办法的话，城市很快会陷入混乱状态。"

"我不明白。"

"回去你便会明白了。我已替你订了明天的机票离开。"

"我还不能离开啊。"孔澄嚷。

"为什么？孔小澄，我跟你说……"

"不是，不是你想的那样。我有必须留在这儿解决的事情。"

孔澄顿了顿，脑海里灵光一闪。

"那，巫马，我们来个交换怎样？"

巫马眯起眼睛，说："交换？"

孔澄舔了舔唇，说："你听我说，我好朋友出事了。我必须留下来先解开这件事情的谜底。如果你帮我忙的话，事情结束了，我便跟你回去，好吗？"

孔澄战战兢兢地探看着巫马没有表情的脸。

"是无论如何也不能放下的事情？"巫马严肃地看着孔澄的眼睛问。

孔澄用力点头。

"那先听你说说是什么事情吧。"巫马蹙蹙眉，沉吟着说。

巫马和孔澄坐在由十八世纪马车驿站改建而成的白马酒馆里。

这是幽灵之旅的最后一站。

团队进入了酒馆最后面的密室，在烛光中，一边啜饮苏格兰威士忌，一边听说书人继续讲述各式各样自古流传的幽灵故事。

巫马和孔澄没有加入团队的行列，在密室外的吧台前，呷着免费威士忌。

孔澄把这星期以来发生的事情一口气说完。

掺水威士忌滑过喉咙时冰凉顺滑，流进胃里感觉却暖烘烘的。孔澄感到双颊有点热烫。从吧台另一边的镜子倒影内，可以看见她的双颊绯红。

孔澄有点尴尬地用手掌擦着面颊。

喝了三杯威士忌也面不改容的巫马，用手指像转动笔杆般，转动着孔澄给他的纽扣。

当然，巫马既不用闭上眼睛，也不用费力地集中心念，孔澄只是从他黝黑的眼睛里，知道他正展开着"视界"。

巫马停止转动纽扣的手指，把纽扣放在桃木吧台上。

"怎样？"孔澄探寻着巫马的表情，忐忑地问。

"你应该对自己的能力多长一点信心吧？"

巫马一口干掉了杯中剩下的威士忌。

"那个人还活着。在你所说的那个地方。"

"图书馆?"孔澄问。

巫马皱皱眉。"那地方光线很幽暗,不像是图书馆那么大的场所的光线照明。感觉上,只有很小的窗口透进灯光,像个小密室般。"巫马沉吟着,"或许是藏书阁之类的地方。"

"藏书阁?"

"总而言之,明天先去寻访这儿的图书馆吧。"巫马干脆地说。

孔澄放下心来。

那巫马是答应留下来啦。

孔澄突然觉得酒馆昏暗的灯光明亮起来,地上的黑白阶砖方格闪闪发亮,吧台后脸部肌肉松弛的酒保叔叔变得俊俏了,威士忌入口的感觉也更加香醇。

"在天涯海角的水中消失了的人,为什么会出现在神秘的藏书阁里?"巫马在吧台上弹着手指,"只有这个线索的话,还是太模糊了。"

酒馆后方密室的门打开,说书人和团员鱼贯走出来。

大伙儿都喝得脸红红的。

"我们要想办法摘取多一点信息。"

巫马推开威士忌杯站起来。

"摘取信息?"

"你是个冥感者啊。在适当的时候,好好运用你的能力吧。

想看一张传说中的脸吗？"

"传说中的脸？"

巫马看了一眼正跟他们擦身而过的说书人。

褐色头发蓝眼睛，脸孔苍白瘦削，披着黑色长袍，装扮成巫师模样的导游说书人。

"走吧。"巫马用眼神示意孔澄跟着他。

巫马迈开长腿，跟在说书人身后。

在酒馆门外，带着酒意的团员纷纷散去，说书人拉了拉黑色斗篷上的帽转过身，走下黑暗的斜坡路。

结束一天工作，在刹那间全身松弛下来，带点疲惫的背影。

"对不起，有点事情想请教。"

巫马莫名其妙地跑下斜坡路追着说书人，孔澄慌忙跟随着他。

说书人停下脚步，回过头来，露出职业性的礼貌微笑。

"有什么可以帮忙？"

"有一点事情想请教。"巫马瞬间伸出右手，搭在说书人的肩膀上，"我想找 Geillis Duncan[①] 女士。"巫马沉稳地，以催眠师般的声调说。

年轻说书人露出莫名其妙的表情。

"Geillis Duncan？你是说十六世纪第一个被判定为女巫并被烧死的人？"年轻人像是对巫马的恶作剧玩笑感到相当有趣般扬起眉毛笑起来，"先生……"

---

① 捷丽丝·邓肯。

然而，就在那一瞬，孔澄看见了不可思议的景象。

年轻说书人的脸朦胧地淡化，脸上的五官倏地消失了。

那张失去了五官的脸，在暗夜中，不断扭曲变化着。

"啊。"孔澄惊叫出声。

巫马回过脸来，用严肃的眼神瞪了孔澄一眼。

孔澄吓得闭上嘴巴，眼睛直勾勾地盯着那张变成半透明的脸。

年轻人脸孔的轮廓慢慢恢复清晰，然而，脸孔的形状改变了，脸像被谁用力拉扯着一般，幻变成胖胖的圆脸庞，肌肉松弛的下巴慢慢成形。

那张脸上，先是出现两个像黑洞般的窟窿，慢慢幻变成一双雾灰色的眼睛，隆起的双颊，厚实的圆鼻头，紧抿着有无数唇纹的嘴。

黑色斗篷帽内，幻变出一张老妇的脸。

说书人长长的黑袍曳地向下坠，矮胖的老妇人裹着不称身的偌大黑袍，以雾灰色的眼睛瞪视着巫马。

天空中的月亮像骤然逃到云层后藏起脸，四周漆黑一片，身畔吹起阴冷的风。

"你叫巫马，是吗？"老妇人闭上了眼睛一下，再张开眼睛来，缓缓移动着嘴唇问。

巫马点头。

"你找我这个老女巫有什么事情？"

"你并不是女巫吧？"巫马以沉稳的腔调说。

老妇人一动不动地注视着巫马。

"你是冥感者？"

巫马点头。

"在这个城市里，随便呼唤幽灵可是件极度凶险的事情。这城市里，布满了你绝不想错误呼唤而来的恶灵。年轻人，你太轻率了。"

"我有事情想请你帮忙。"

巫马仍然一脸冷静，孔澄早已吓得脸色发白。

"你怎知我不是恶灵？"

老妇人的声音低沉沙哑，在静夜中听起来，感觉毛骨悚然。

"你是因为替邻居的孩子治病，反被无知的邻居诬告为女巫，好心的 Duncan 女士，不是吗？"

老妇人垂下眼帘。

"我是受冤狱被活活烧死的，你不害怕我已变成了冤灵吗？"

巫马摇头说："明知道替别人治病或许会招来杀身之祸，你还是甘愿为救人冒险。那样的菩萨心肠，无论怎样也不会变成冤灵的。"

老妇人第一次露出恬静的微笑。

"你有什么想找我这个老太婆帮忙？"

"我们想找这颗纽扣的主人。"

巫马把韩英树衣服的纽扣放进老妇布满皱纹的掌心里。

老妇人合上了掌心一会儿。

"啊，你们在找那个男人。"

老妇人沉默了半晌。

"是这样的事情……"老妇人看向阴霾满布的天空，自言自语般说。

"他掉下了天涯海角，但是没有死去，是吗？他在一个像藏书阁那样的地方？"巫马连珠炮发地问。

老妇人缓缓抬起眼睛。

"很抱歉，有某人哀求我不要说。"

老妇人的脸上流过忧伤的表情。

"啊，是那样的事情……"老妇人又喃喃地自言自语。

"Duncan 女士？"

老妇人叹息着摇摇头。

"抱歉我不能说。"

孔澄着急地踏前一步。

"这是很重要的事情。他的女朋友，就是我的好朋友很挂念他。他到底发生了什么事？如果还没有死去的话，为什么会在水中消失了？拜托你帮帮忙。"孔澄情急地说。

老妇人转过头，雾灰色的眼眸凝视了孔澄好一会儿。

"这不是我能决定的事情。"老妇人叹一口气，"如果真想知道，试试到尼斯湖去吧。只有主人能决定是否告诉你们。"

老妇人长长地叹了一口气。

"主人？什么主人？"孔澄茫然地问。

"当然是我们幽灵世界的主人啊。"老妇人以微妙的表情再看了巫马和孔澄一眼，"祝你们好运。"

老妇人向巫马点点头。

"不。"孔澄再踏前一步。

巫马叹了口气，放下搭在老妇人肩上的手。

"巫马，"孔澄急得直跺脚，"她明明知道什么的。"

"已经再问不出什么来了。这是第四度空间的规条，我们不能勉强不愿意的人帮忙。明白吗？"

巫马像很疲累似的揉着脸，脸孔像在刹那间憔悴了。

"巫马，你还好吧？"孔澄担心地问。

巫马吁一口气，说："拜托，下次请年轻力壮的你来做吧。这样下去，恐怕我会愈来愈短寿的啊。"巫马半开玩笑半认真地说。

"这位先生真有幽默感。"

巫马和孔澄循声音回过头去。老妇人已消失不见了，年轻说书人好端端地站在他们面前。

"说起 Geillis Duncan 女士嘛，也有团员在旅程上见过她。在幽灵之旅中，曾有团员看见说书人在说故事时，脸孔变成了一个老妇。按照他的描述，我们让他看十六世纪《苏格兰日报》的文献，他从报纸上讲述 Geillis Duncan 女士被判刑的新闻上，指出了 Duncan 女士的素描绘图。"

说书人压低声音，忘不了继续对游客危言耸听的职责，扮出阴森森的表情。

"所以，在爱丁堡这魅幻之都，你们记着，没有什么事情是不可能的啦。"

巫马和孔澄交换了一个会心微笑。

孔澄感到心里轻飘飘的。她和巫马，拥有只属于二人的共同秘密。

"好了，"说书人清清喉咙，"两位到底有什么事想请我帮忙？"

巫马笑笑。"只是想请教你，附近有没有开至午夜的酒馆？我们还有点意犹未尽。"巫马自然地问。

"啊，这个吗？"

年轻人热心地指示着方向，巫马循着年轻人指点的方向猛点头。

巫马真的比自己厉害多了。孔澄惭愧地想。

自己也要拼命一点，巫马要是短寿的话，可很伤脑筋啊。

为什么？

不为什么？因为他是良师益友吧？对了，是良师益友。

孔澄不自觉地抚摸着毛衣袖口下的手表。

幽灵女巫说，到尼斯湖去。

充满神秘传说的尼斯湖。

然而，幽灵女巫提起韩英树时，为什么露出那么哀伤的神情？

孔澄困惑地抬起头，刚才躲起来的月儿，此刻又高高挂在头顶上。

是一轮青色的半弦月。

"你是说，英树仍然活着？"尹纯眼镜片后的眼睛一眨一眨，茫然地看着孔澄。

孔澄用力点头。

尹纯拉开床上的白棉被，赤脚站在红地毯上，拉着孔澄的手。

尹纯还穿着昨天的红豆色毛衣和灰裙，长发没有梳理过，憔悴的脸上好像只剩下眼镜片和在泪水浸润下显得更清灵的大眼睛。

"如果真是那样的话，警方为什么找不到他？他为什么要躲起来？"尹纯匪夷所思地问。

073

"这就是我们要寻找的答案。"巫马双手插在牛仔裤袋里，一直倚着墙壁站着。

"孔澄，你说的一切都是真的吗？你和巫马……"康怀华拨着长长的刘海，睁着好奇的眼睛来回打量着孔澄和巫马的脸。

"孔澄和巫马不会编那么天方夜谭的故事来骗我们吧？"坐在酒店房间书桌前的饶进搔搔头说。

"那你们可以把英树找回来吗？"尹纯像抓着救生圈不放地拉着孔澄的手。

巫马踏前一步，问："尹纯，你和韩英树去过尼斯湖吗？"

尹纯像不明白巫马的话般不解地看向他。

"这是很重要的事情。你们曾经去过尼斯湖吗？"

尹纯缓慢地点头说："去过啊。在开车往斯开岛的途上，我们途经因弗尼斯，在那儿停留吃午餐和为汽车加油，特别绕到尼斯湖畔去看看。"

"在那里，有没有遇上什么奇怪的事情？"

尹纯偏着头认真地想了好一会儿，说："没有呀。"

"真的没有？"孔澄探视着尹纯的眼睛，"尹纯，这是很重要的事情，请你好好回想。"

"你是说像看见尼斯湖水怪诸如此类的事情吗？"尹纯一脸愕然，以啼笑皆非的口吻问。

"不一定是那么戏剧化的事情，但有没有任何令你留下特别印象的事？"巫马以很严肃的口气问。

尹纯习惯性地推了推眼镜思考着。一瞬间，孔澄好像觉得那个冷静理智、聪慧敏锐的大姐姐尹纯回来了。

"我们只是路过因弗尼斯，因为一心想在黄昏前抵达斯开岛，连去参观尼斯湖水怪博物馆的时间也没有，只是把车停下来，在附近的快餐亭买了热狗和可乐，散步到湖畔野餐。在那儿逗留的时间，大概只有三十分钟吧。"

尹纯舐舐嘴唇，眼镜片后的眼睛又恢复慧黠的神采。

"在那三十分钟里，真的没有任何特别印象深刻的事情发生过啊。尼斯湖很平静，平静得有点出乎意料，感觉就是把一块偌大的紫蓝色丝绒布覆盖在大地上。湖的范围很宽广，我们挑了一条僻静的小路，穿过杂草走至湖畔。附近连一个人影也没有，也没有观光船在行驶。我们在湖畔吃过午餐，英树把手探进湖水里，还一直像小孩般嚷着'湖水好冰凉哟'，然后，他说了一些尼斯湖水怪的传说吓唬我。我们又玩了一会儿投石头比赛游戏，较量大家能激起的涟漪数目，然后，就离开湖畔，继续驾车前往斯开岛了。"

说着说着，尹纯也稍微恢复了精神，茫然的目光也渐渐恢复了焦点。

"就只是那样？"孔澄失望地问。

尹纯点头说："你可不要小看我，我好歹也是个推理小说迷。有什么异常的事情发生的话，我对那方面的触觉也是超敏锐的。"

自信傲慢又从不服输。对，这才是大家熟悉的尹纯。

孔澄虽然对无法找到有用的线索而泄气，但看见尹纯稍微恢复精神的样子，总算放下心头大石。

"你们说感应到韩英树在图书馆里，那我们要不要帮忙去寻找？"受到探险的念头刺激，康怀华柔嫩的脸颊微微泛红。

孔澄泄气地摇头说："今天一大早，我和巫马就去查询过了。爱丁堡拥有那种古老藏书的是 Signet Library①。但那可不是公共图书馆，是古老历史建筑物，要进去参观还要写申请信呢。"

孔澄不以为然地吹口气，额上柔软的刘海悠悠飘动。

"那要等多久？"饶进问。

"我们已经递交了申请信。官方答复是一至三天。"巫马说。

"那么久？"康怀华一脸匪夷所思的神情。

① 苏格兰王玺图书馆。

075

巫马耸耸肩。"入乡随俗吧。"巫马用手指擦擦鼻头，"不过，这一来，也更减低了韩英树会在那里的可能性。访客只能在办公时间内探访图书馆，但我和孔澄的感应都显示，韩英树一直待在那个像藏书阁的地方。"

"巫马，你认为 Signet Library 不是我们要找寻的答案？"孔澄问。

巫马皱着眉说："无论如何，我们也要先等批文出来，到那里去看看。不过，我想大家还是不要抱太大希望。"

巫马摸摸头上的短平头。

"要我下赌注的话，我还是相信 Duncan 女士的话。答案藏在尼斯湖里。"

巫马以炯炯有神的目光扫视着众人。

"还要等三天才出发去尼斯湖吗？"康怀华轻轻咬着唇，有点不知如何启齿地说，"尹纯，我和饶进，后天必须回香港了。如果假期结束了我们不回去上班，说不定工作也会丢掉。"

康怀华一脸抱歉。

"你们别傻啦。"尹纯露出久违了的温婉笑容摇头说，"我很感谢你们一直陪着我。孔澄和巫马既然说英树还有生存的可能，我当然不可能回去。无论如何，我一定要留下来找到他。英树不会撇下我死掉，这个我早知道了。"

尹纯满心欢喜，双颊泛起红晕。

"有巫马和孔澄陪着我就好，你们放心回去吧。"

"孔澄，你要好好照顾尹纯哦。"康怀华吸吸鼻子，拉拉孔澄的短发。

"一切交给我们吧。"巫马走至饶进身旁，拍拍他的肩头，"韩英树仍然生存。而我答应了孔小澄，一定会找他回来的。无论他遭遇了什么事情。"

巫马那样说着的时候，脸部微微转向饶进。

那是孔澄最喜欢的，巫马的侧脸。

骤眼看来，五官有点平凡的男人，但侧脸却很有男子气概。

那蛮有个性，神秘而深不可测的巫马，总是安稳地藏在那像沙皮狗的笑脸之后。

每次孔澄觉得就要接近他一点，他又总会像悠哉的鱼般，滑溜溜地逃开。

孔澄的脑海里，骤然掠过姜望月的脸。

那个消失在画中的人，才是巫马永远放不下的倩影吧。

孔澄的眼睛蒙上了薄薄的雾气，掩饰着把眼光越过巫马的肩膀看向窗外。

以中世纪建筑改建而成的酒店，外貌就像一幢古老的监狱。

架着田字形窗花的狭小窗户，像牢狱的窗户般，囚禁着误堕贪嗔爱痴的凡人们。

巫马驾着租来的白色房车，横越 Firth of Forth 海峡①的渡桥，沿着 M90 公路接驳 A9 公路，笔直地朝因弗尼斯进发。

耽误了三天时间，终于等到参观 Signet Library 的批文，然

① 苏格兰福斯湾海峡。

而，如巫马所料，那里并没有韩英树的踪影。

巫马和孔澄走遍了图书馆每一个角落，也找不到在感应视界内看见的藏书阁。

孤寂的山脉风景在车窗外缓缓流过。

一路上，尹纯十分沉默。

尹纯坐在助手席，孔澄坐在车厢后座。

孔澄想找点什么话题说说，却不知从何说起。

巫马闲适地操控着方向盘，在崎岖狭隘的山路上前进。

孔澄一向喜欢开车稳当的男生。看着巫马驾轻就熟地在陌生的山路上左穿右插，孔澄觉得巫马还是可以依赖的。

在人生路上，不会迷失方向的人。

孔澄希望自己有一天也会成为那样的人。

从车窗玻璃看出去，道路两旁尽是干旱的褐色山脉。

灰蓝色的天空和浮云好像就在伸手可及的半空中。

孔澄还是第一次看见那样接近人间，那样亲密地环抱着大地的天空。

"我最近一直在想，如果英树没有死去，如果英树还陪伴在我身边，会是怎样的呢？"

尹纯的眼神越过车头玻璃，看着远方穿破云层，像瀑布般泻下的阳光。

"你会原谅他吗？"孔澄轻轻问。

尹纯微微回过脸来，看向后座的孔澄。

"你一直无法原谅他吧？与你一起，却还让太太怀了身孕的男人。"

尹纯垂下眼帘，用纤细的手指抓着椅子的靠枕。

"孔澄，如果是你，你会原谅他吗？"

尹纯眼镜片后的眼睛露出幽怨的神色。

孔澄愣了愣。

会原谅他吗？和我一起的男人，却让妻子怀上身孕。

孔澄茫然地想着。

那是无法原谅的事情。

无论是多么温柔的男人。无论是多么深爱的男人。那是最终的背叛。

无法原谅，却又无法离开。会落入那样万劫不复的境地吧？

"康怀华说过，爱情是必然会融化的糖果。"孔澄说。

尹纯捋了捋垂下脸庞的长直发。

"是吗？"尹纯以几若无闻的声音，像自言自语般说，"说得真好。"

尹纯回过脸去，像很疲累地把头靠在椅背上。

"孔澄，你有没有想过，到底是从什么时候，由谁开始，让我们相信爱情是美好的？爱情是真、善、美。到底是谁开始了那样的谎言？"尹纯低声地问。

"尹纯。"

"或许那是一个善意的谎言吧？无论过着怎样苦闷无聊的人生，那谎言，让我们确信，这世上有那么一样闪闪发光的东西，值得我们锲而不舍地追寻。然而，游目四顾，看看我们身边每一个人，谁又真正拥有过真、善、美的爱情？爱情只是美丽的谎言吧？因为是谎言，所以美丽。"

尹纯闭上眼睛，泪水从眼镜片后的眼眶滑下。

"孔澄小学时有画过小屋的绘画习作吗？"尹纯像忽然想起似的问。

"嗯？"

"小学时，美术老师不是总会出那样的题目吗？请大家在画纸上，画上小屋、庭园和太阳的风景。"

孔澄微微笑起来，说："是啊，好怀念。虽然我画画很丑，但我也雀跃地绘画上了小小的房屋。红砖瓦的三角形屋顶、白色的火柴盒平房、平房上有两个田字形的窗户。小屋前种有长满红色果实的大树和草坪。蓝色的天际，放射着橘橙色光芒的太阳。"

"可是，到底有谁真的住过那样的楼房？"

尹纯默默地垂下脸，脸庞上滑下另一颗泪滴，沾湿了她白皙的手与红豆色的毛衣。

红豆色的泪。

孔澄默然无语。

是啊，到最后，毕竟，谁也没住过那样的房子吧。

孔澄把手掌摊放在车窗玻璃上。

闪耀着金光的太阳，好像就在窗玻璃外不远处的天空游动着。

孔澄看着那金色的星字形光芒在自己的无名指间闪动。

宛如闪烁着幸福光环的宝石戒指。

然而，幸福的金色光环，只在无名指间悄悄掠过。

孔澄凝视摊放在车窗玻璃上的手掌。

车窗玻璃触感冰凉。

苏格兰　因弗尼斯（Inverness）

太阳西沉，巫马在尼斯湖附近，看见了 Bunchrew House 酒店①的指示牌。

"快要天黑了，我们先在这儿住一晚，明天早上再去尼斯湖吧。"

巫马把白色房车驶入风光如画的庭园。

Bunchrew House 酒店是由建于十七世纪的宅第改建而成的小型酒店。

像睡公主堡垒般的童话小屋。

宅第兴建在二十亩②的漂亮庭园中央，蓝砖瓦的雪糕筒形屋顶，粉红玫瑰色外墙，白色精致窗框。

在酒店房间，可眺望 Beauly Firth 远处蓝墨水色的湖面与远方巍峨的 Ben Wyvis 高山③。

三人各自回房去梳洗休息过后，约好八点整再在酒店的餐厅碰面。

① 邦奇鲁之家酒店。
② 1 亩约等于 666.67 平方米。
③ 本尼维斯山，英国最高峰。

孔澄换上了白色的毛衣和杏色灯芯绒裤，准八点来到酒店餐厅的接待处。

巫马已抱着胳臂等在那儿。

"尹纯说她没什么食欲。"孔澄一脸担忧。

巫马抓抓头，说："还是不要勉强她吧。"

孔澄点点头。

酒店优雅的女经理朝两人点头微笑："两位用晚餐？这边请。"

孔澄目不转睛地看着接待处挂着的巨幅油画。

从进入酒店开始，她便感到很纳闷了。

"为什么在酒店大堂挂这幅油画？这个老婆婆，感觉好可怖啊。好像走到哪儿，她都在盯视着我们。"孔澄按捺不住好奇心发问。

"嘘。"酒店经理压低声音说，"这位老太太的名字是衣莎贝，是从十七世纪就开始住在这宅第的老太。传说她是庇护我们这房子免受恶灵骚扰的善良老太，所以老板把她的油画挂在入口处当护身符。"

"欸？"又来了。但孔澄凝视着那巨幅油画，还是有毛骨悚然的感觉。

老太太的脸孔尖削凹陷，一双像玻璃珠般近乎透明的眼睛，像两个树洞那样幽深。

"衣莎贝女士喜欢坐二号餐桌，我们通常会空置那桌子供她享用晚餐。不过，如果你们想跟她一起用餐的话，就要选二号桌了。"中年女经理一脸认真地询问他们。

这国家的人到底怎么回事？由首都至乡郊高地的人民，全都把幽灵挂在嘴边，像国宝那样宣扬着。

"那我们当然要选二号桌了。"巫马爽朗地答。

嘎？孔澄微张开嘴。

巫马挽起孔澄的手臂。

"来到你大展身手的时候了。"巫马调侃地看着孔澄，低声在她耳畔说。

"我才不要跟幽灵一起用晚餐啊。那会影响消化系统运作，营养不良的。"孔澄拼命转动着脑筋拒绝。

"孔小澄，你也长进点，让我可以老怀安慰一下吧。"

巫马不由分说地像提起小动物那样，笑嘻嘻地提着孔澄的手臂走进餐厅里。

餐厅的落地长窗眺望着 Beauly Firth 湖畔，但天色已暗，看向外面，只有黑漆漆的一片。

孔澄环视着餐厅三面墙壁，全挂上了厚重的鲜红色窗帘。地上也是铺着厚软的鲜红色地毯。餐桌罩着淡粉红色台布，只以白色蜡烛照明。

孔澄忐忑不安地在摇晃着昏暗烛光的餐桌前落座。

"我们第一次二人晚餐，感觉还挺浪漫的嘛。"

巫马又是那副嬉皮笑脸的样子。

"你到底想怎样？"

孔澄压低声音，一边接过服务生送来的餐牌，一边问巫马。

"师傅已经好好跟你示范过了,做徒弟的你就长点智慧吧。我们需要摘取更多信息。孔小澄,我跟你说,你到底明白信息的意义和重要性吗? 你是冥感者,你要留心倾听,留心注视你身边出现的每一个'信息'。那可能是路人无心之失的一句话,你看见某些东西脑海里掠过的感想,你机缘巧合所遇见的每一个人。要成为最出色的冥感者,你必须张开眼睛和耳朵,捕捉一切。"

巫马叹一口气摇摇头。

"我已经跟你说过很多次了吧?"

孔澄不禁火冒三丈。

干吗? 一副瞧不起人的模样。

只要用心做,我才不是你想得那么窝囊废的。

巫马咧起嘴唇,像感到很有趣地瞪着孔澄。

孔澄蓦然意识到,她的意志声波又传达给巫马了。

"那你就亮点功夫让我看看呀。"

讨厌,这个男人会阅读我的所思所想啊。

孔澄骤然涨红了脸。

"你不要瞪着人家看呀。"孔澄心虚地嚷。

巫马举手做投降状。

"我不看,我不看。你慢慢准备吧。"

"但召唤幽灵前,要先点菜吧? 我肚子很饿哦。"

孔澄瞄着餐牌的菜肴,早已垂涎欲滴。

巫马翻翻白眼,以看奇珍异兽的表情瞪着孔澄。

"我真是败给你了。"巫马像觉得很好笑似的用手指揉着额头笑起来，"来，来，先点菜吧。"

孔澄的脸更红了。

有什么不对吗？自己是不是说错了什么话？吃美味的东西是很重要的事情喔。没有填饱肚子，怎有力气呼召什么幽灵？

孔澄的眼光贪婪地盯着餐牌，招来服务生，点了柚子帆立贝沙拉、番茄酱汁炖小牛排和香草蛋奶酥。

巫马还是以那副很努力憋着笑的表情看着孔澄。

"干吗？"孔澄回瞪着巫马。

巫马摆摆手说："没有，没有。食欲旺盛的女生很可爱呀。"

孔澄永远分不清巫马是在调侃她还是赞美她。

人家很饿嘛。孔澄委屈地想。

"好了，飨宴点好了。我们找衣莎贝女士出来谈谈话吧？"

巫马朝孔澄挤着眼睛，一脸雀跃地搓着手掌。

孔澄倏地慌了。

那油画上的老太太，表情很可怖啊。

我们还霸占了她的桌子。

说不定她会给我一个耳光。

"孔小澄。"

孔澄抿着嘴巴，不服气地瞪着巫马。你有什么了不起？常常嘲笑我。我要认真地干的时候，还是会干得漂漂亮亮的啦。

孔澄闭上眼睛。

衣莎贝老太，有事请教，请移玉步来见见我们好吗？孔澄一边在心里念着，脑里却有另一把声音在说：拜托，不要出来啊。我胆子很小，你不要出来吓我啊。拜托拜托。

"孔小澄。"巫马严厉的声音在耳畔响起。

孔澄睁开眼睛来，巫马一把抓住了她的手。

孔澄感到全身一震。

"孔小澄，摒除杂念，想着尹纯的事。你想帮助她，你不想再看见她掉眼泪了，不是吗？"

巫马脸上一丝笑意也没有。

孔澄乖乖地再次闭上眼睛。

巫马的手掌传送着惊人的热度。

对，尹纯依赖着我们啊。

衣莎贝老太，你是这房子真正的主人，你存在这里，你一直存在这里。请让我们看看你的肉身吧。

"是个很有食欲的女孩哦。"一把和蔼的声音响起，"真好，我最讨厌用叉子戳着食物不吃的女人了。"

孔澄蓦然张开眼睛。

在孔澄与巫马相对而坐的餐桌间，油画中的老太太，气定神闲地坐在他们中间。

老太太穿着枯叶色的厚呢裙袍，银色发丝在脑后结成髻，虽然凹陷瘦削的脸上布满皱纹和老人斑，但那双在油画中像树洞般的透明眼睛，正眯成一线和蔼地笑着。

"一点也不可怖嘛。"孔澄如释重负，喃喃地念着。

"我有各种脸孔啦。对不喜欢的客人霸占我的餐桌，我会露出不同的脸孔哦。你要不要看看？"

老太太举起布满皱纹的双手放在脖子上，像想要对自己的头颅干出什么可怕的事情。

"不用，不用。我明白啦，老太太有不同的扮相。我完全明白啦。"孔澄情急地摆手。

老太太把双手重新优雅地放下来。

"我很喜欢吃小牛排呢。好选择。待会儿你的晚餐，我也会尝一口哦。你不介意吧？"

孔澄压抑着喉咙里涌出的胃酸，竭力维持镇静，露出矜持的微笑。

"请……请便。"

"好了，你们这些来自世界各地的冥感者，真的弄得我很烦哟。这次又有什么事情？"

老太太扬起眉毛看着孔澄。孔澄怕怕地瞄了巫马一眼。

巫马拍了拍孔澄因紧张而紧握着的拳头。

"我们在找这颗纽扣的主人。爱丁堡的 Geillis Duncan 女士指引我们来到这儿的。他应该在类似藏书阁的地方。Duncan 女士说，尼斯湖的幽灵主人，会给我们最终的答案。你可以引领我们去找他吗？"孔澄鼓起勇气，以有点干涩的声音问。

老太太从孔澄的手上接过纽扣凝视着。

一瞬间，老太太平静的脸上，泛起悲伤的表情。

"啊，是这件事情。"老太太以恍然大悟的眼神喃喃自语。

老太太沉默了好久。

"衣莎贝女士？"

"你们回去吧。"

老太太垂下黯淡的琉璃色眼眸，表情寂然。

"但是，Duncan 女士说，只要来到尼斯湖，找到幽灵世界的主人……"

老太太露出有点严厉的眼神，干脆地打断孔澄的话。

"算了，不要寻根究底，回去吧。"

"但是……"

"Duncan 女士是因为冤狱而死的。无论她在世时拥有多么高尚的情操，她的灵魂，还是对人世间抱有怨恨的。她从开始便不应该指示你们来这里。我们已答应了那人的请求。那个秘密，会永远埋藏在天涯海角。"

那个人？

Duncan 女士也曾提及过"那个人"。

"你们说的'那个人'到底是谁？"

老太太以哀伤的眼神看向孔澄。

"人世间的贪嗔怨痴，你到底经历过多少？无法回头的爱情，总会招致无法回头的结局。"

孔澄呆呆地看着老太太。

"我、我们不会就此回去。"

老太太抬起脸来盯视着孔澄。这次孔澄没有退缩。

"没有找到答案，我们绝不回去。韩英树仍然生存，你们这些幽灵，到底把他怎么了？"孔澄嚷。

老太太低低叹口气。

"这是我最后的忠告。忘记这一切，回去吧。"

孔澄摇头。

"那就由幽灵世界的主人决定吧。"老太太深深叹息，"到尼斯湖畔的 Cawdor 城堡①去，如果你们有办法见到我们幽灵世界的主人，你们便会找到答案。否则，请忘记这一切回去。"

老太太那张饱历沧桑的脸，以幽怨的眼神盯着孔澄，如幻影般，一点一滴地淡出。

孔澄回过神来，抬起眼睛看向巫马。

巫马一副沉思的表情，沉郁地凝视着老太太消失的位置。

那天晚上，孔澄躺在酒店房间的四圆柱床上，双手枕在脑后，茫然地注视着床上红绿苏格兰方格纹的帷帘。

夜已深，但是孔澄知道，又会度过另一个无眠的夜晚。

"人世间的贪嗔怨痴，你到底经历过多少？无法回头的爱情，总会招致无法回头的结局。"幽灵老太的说话，在孔澄耳边不断回响。

贪嗔怨痴。

孔澄终于第一次运用自己的力量，唤到了幽灵使者摘取信息，可是，却完全没有半点成就感。

衣莎贝老太留下的话，令孔澄内心溢满了悲伤的预感。

① 考德城堡。

089

Chapter 5　尼斯湖的秘密

"这里跟我想象中的城堡不太一样啊。"

孔澄踏进 Cawdor 城堡种满绿树和彩色小花的庭园，抬头看向感觉更像私人宅第的石头色大屋。

从正面看去，真的像是小学生的美术绘画习作。

三角形的黑砖瓦屋顶。火柴盒形的整齐房子。均匀对称的六个小方格窗户。

"这里不像其他荒废的堡垒，六百年来一直是 Cawdor 家族居住的私人大宅，只是开放一部分供游客参观。"

巫马手里拿着城堡的简章翻阅着。

大部分观光客都只会参观附近著名的 Eilean Donan 城堡①。矗立在隐秘庭园中的 Cawdor 城堡，气氛显得有点寂寥。除了巫马和孔澄外，再没有其他观光客。

"我们要去哪里找幽灵世界的主人？"孔澄踌躇地问，"这里感觉平静祥和，好像与幽灵世界完全沾不上边啊。"

孔澄也低头阅读着手中的简章。

巫马常常说要留心信息，但到底要从哪儿摘取信息？

"啊。"孔澄从简章中抬起脸来，像手掌般细小的脸孔半埋在灰蓝色围巾中。

"怎么了？"巫马扬起眉毛。

秋日的朝阳从巫马背后照射过来，穿着深蓝毛衣与黑色牛仔裤的巫马，像被淡淡的金光环绕着。

孔澄挪开视线，有点结结巴巴地开口："Lady

---

① 艾琳多南城堡。

Macbeth。①"

"嘎？"

孔澄一脸雀跃。"传说莎士比亚的 *Macbeth*② 里所描写的城堡，是以 Cawdor 城堡为蓝本的。"

巫马失望地挂下脸，问："那又怎样？"

"没有呀，只是中学时在剧社里，我们公演过 *Macbeth*，好怀念呢。"

"嗯。"巫马像不感兴趣地漫应着。

孔澄亮晶晶的眼眸暗淡下来。

"人家跟你说话时，你也好好倾听呀。你不是说冥感者要张开眼睛和耳朵的吗？"

"那孔小澄是扮演设计谋害国王的 Lady Macbeth 吗？"

巫马微垂下脸，握起拳头圈在嘴前笑起来。

"实在难以想象。*Macbeth* 是悲剧吧？由孔小澄来演，好像会变成喜剧的感觉。"

巫马一脸忍俊不禁的神情。孔澄噘着嘴巴别过脸。

"我是当导演的啦。自作聪明。"

孔澄领先走进城堡内。

城堡开放给游人参观的共有四个部分：客厅、饭厅、睡房和厨房。

花了四十五分钟，巫马和孔澄仔细地参观了整座城堡，却

---

① 麦克白女士。

② 《麦克白女士》，英国剧作家莎士比亚创作的戏剧。

没有得到任何启示。

映入眼帘的，尽是漂亮的古董家具、地毯、织锦挂毯、油画和装饰小物。

屋内每一个角落的布置显然花了不少心思，华丽优雅又予人住家的温馨舒适感觉。

与幽灵世界完全沾不上边儿。

两人回到客厅来回踱着步。

"到底是怎么回事？"孔澄纳闷地说，"衣莎贝老太明明是指示我们来这里的呀。"

客厅里的火炉静静燃烧着黄蓝色火焰。柴木碰触火舌，发出噼噼啪啪的声响。

孔澄拉着脖子上的围巾，游目四顾。

幽灵世界的主人？

自踏进这城堡以后，除了他们俩外，一个人影儿也没见过。

勉强要说有别人的话，就只有从墙上盯视着他们，油画里的肖像们吧。孔澄想着，轻笑起来。

孔澄在客厅里旋转了一圈。

一、二、三、四、五、六、七。

欸？孔澄蹙着眉，疑惑地歪歪头，从皮衣内袋里再次掏出城堡的简章。

"城堡的客厅里，悬挂着 Cawdor 家族历代祖先的肖像画，包括 Sarah Campbell, Lady Alice Egerton, Lady Emma Hamilton, Lady Caroline Campbell, Sir George Campbell 及 John

Campbell。" ①

"啊，这个。"孔澄抬起脸嚷嚷。

巫马扬起眉毛，走过来站在孔澄身边。

"这里有一幅应该不存在的油画哦。"

"欸？"巫马低头看了看孔澄手上的简章，又抬起脸环视了客厅的油画一遍。

"嗯。"巫马沉吟着点头，"孔小澄，你好像有点进步了嘛。"

巫马大力拍拍孔澄肩头。

"痛呀。"孔澄皱起眉，搓揉着肩膊。

怎么总是对她那么粗鲁嘛？

孔澄背向巫马，气呼呼地走到并列的油画前。

"难道说，这里面的其中一幅，是幽灵主人的肖像？"

孔澄茫然地扫视着油画。

"但到底是哪一幅？"

画中肖像全是穿着礼服的绅士或是穿着丝缎长袍的美丽女士。

每幅画看起来，都像货真价实的古董肖像画。

"这里有五幅女士肖像画，两幅男士肖像画，所以，不应该存在的，是其中一幅女士肖像吧？"巫马在客厅里走了一遍，沉缓地说。

---

① 萨拉·坎贝尔、艾丽斯·埃杰尔顿女士、埃玛·汉密尔顿女士、卡罗琳·坎贝尔女士、乔治·坎贝尔先生及约翰·坎贝尔。

孔澄狼狈地重新阅读了一次简章上的肖像名字。

对呀，明明是这么简单的数学逻辑，怎么又给巫马抢先找到了答案？

不过，孔澄倒从没有想过幽灵世界的主人会是女性。

虽然嘴里总嚷着男女平等，但是，毕竟自己骨子里也是小女子心态啊。孔澄有点惭愧地想。

孔澄凝视着五幅肖像。

无论是其中哪一个，都是个美丽的女幽灵呢。

"五幅女士肖像画中，到底哪幅是不应该存在的呀？"

孔澄用手指点着下巴，半晌后，恍然大悟地点头，弹弹手指。

"很简单呗，问问城堡的管理人员，不就真相大白了？"

孔澄拍拍手，得意洋洋地笑起来。

巫马用手指敲敲孔澄的额头。

"孔小澄，我们看见的是幽灵肖像啊。很明显，常人的眼睛根本是看不到的吧？"

孔澄微张开嘴，顿时语塞起来。

"如果幽灵主人是住在这城堡里，那一定是有某种玄机的吧？"

巫马双眼眯成一线，仔细地注视着五幅油画。

一把女人的冷笑声在耳畔响起。孔澄蓦地回过头去，正好和巫马四目交投。两人以同样错愕的表情互看着。

冷笑声还在两人耳畔持续着。

孔澄苍白着脸环视空荡荡的客厅。

"啊，是两个小小的冥感者。你们有什么本事，值得我见你们呢？"女人的声音，与画中各个漂亮的肖像一点也不搭调。

"我们只是有点事情想请教。"巫马抬起下巴，看着虚空说。

"那，你们千里迢迢来到这儿，我就给你们一个机会吧。让我们来玩一个有趣的游戏好吗？"女人沙沙的低分贝声音在两人耳畔缭绕着，伴着阴冷的笑声。

孔澄感到浑身凉飕飕的，寒意逼人。

"听好了，我现在给你们两人各一支火把。"

霎时间，火炉里的两根柴火舞动起来，飘在半空，安稳地落在巫马和孔澄手上。

"记着，你们只有一次机会哦。如果你们机灵地选中我的肖像的话，就可以看见我的肉身。"

女人又沙哑着喉咙笑起来。

"不过，选错的话，这地方就会付之一炬，你们也会葬身火海，要来加入我们幽灵行列了。"女人的声音顿了顿，"怎么样？玩，还是不玩？"

女人把声音放软，轻轻冷笑着。

"现在回头还不太迟哦。"

孔澄和巫马相看着。

肖像画上的每一个女人看起来都高贵美丽，穿着漂亮的丝缎长袍，朝他们温柔地微笑着，根本没有像幽灵的女人呀。

"到底选谁才好呢？"女人的声音变得轻轻软软，却更令人毛骨悚然。

"巫马，我们……"孔澄害怕得往后退。

这见鬼的幽灵主人干吗这么神气？只是跟她见个面嘛，怎么要人赌上性命？

"玩还是不玩？不玩就请回吧。"女人的声音忽然变得恶狠狠的。

真是喜怒无常。

"孔小澄，你选一幅吧。"巫马看着孔澄的眼睛说。

"嗄？"

真的跟她玩吗？这幽灵主人是神经病。巫马也是神经病。

自己才不要被活活烧死。

那个衣莎贝老太也是，一脸和蔼可亲，却没警告过他们幽灵主人是这么可怕又蛮不讲理的女人呀。

难道是故意引他们堕入陷阱的？

幽灵就是幽灵。全都是邪恶的。是不是他们太天真了？

一定有其他找到韩英树的方法的。算了，放弃吧。

孔澄泄气地垂下火把。

"孔小澄，你决定了吗？错失了这次机会，或许就找不到答案了。"巫马说。

"那你来选吧。"孔澄犹豫地重新举起火把。

巫马悠悠然地耸耸肩，随便走到其中一幅肖像前。

画中的女人有着金褐色的鬈曲长发，穿着银绿丝缎晚礼服，微垂下脸，一双绿宝石般的眼眸静静瞅着他们。

巫马举起火把。

简直是一副天使的模样嘛。孔澄情急地跑到巫马身旁。

"不像是这幅啦。"

巫马凝肃的神情在刹那间泄了气。

巫马摇着火把摆摆手。

"那你来选好了。"巫马没好气地说。

选错了可是要被烧死的啊。这男人怎么还这么气定神闲?

"怎样,选好了没有?"巫马扬起眉毛问。

孔澄走到另一幅肖像前。

有一双微向上斜的丹凤眼的红发美人。肌肤胜雪。脸颊上一点瑕疵、一颗雀斑也没有。自己最妒忌没有雀斑的女人了。就选这个吧。

"这个,是吗?"巫马有点不耐烦地走过来,举起火把伸向油画。

孔澄用力按着巫马的手臂,说:"不要不要。好像又不是。"

下一幅是个金色长发,湖水蓝色眼睛,穿着薰衣草色丝缎长裙的年轻少女。

孔澄把火把凑近油画凝视着那张稚气的脸。

这公主般的少女更不像啊。

巫马叹口气,说:"孔小澄,转转你的笨脑袋,你自己早已说出答案了。我在等你想起来呀。由进入这城堡开始,发生过什么事情?"

发生过什么事情?什么也没发生过呀。

孔澄的眼光左右飘移着。

啊。孔澄脑海里灵光一闪。

"Lady Macbeth。"孔澄嚷。

巫马微微一笑，把火把照向第四幅油画，再把火把照向火炉上放着的一本 Macbeth 剧作封面上。

莎士比亚的戏剧，封面绘画着一个穿深紫缎长袍、黑发紫罗兰色眼睛的女人。

与第四幅油画上的肖像一模一样。

孔澄吁一口气。

"请吧。"巫马自信满满地扬扬手。

原来巫马早已把谜底解开了。

一点难度也没有嘛。孔澄得意地想着，蛮有气势地用火把燃烧起那幅紫袍女人的画。

然而，就在那一瞬间，整个大厅突然震动起来，发出隆然巨响。

孔澄和巫马骤然回过头去，整个大厅顷刻间布满了熊熊火光。

火焰像一条邪恶的蟒蛇，卷着长长的舌，张牙舞爪地燃烧起每一个角落。

窗帘、地毯、沙发、展示柜……全部着火焚烧起来。

怎么回事？选错了吗？

巫马拉起孔澄的手，想朝门口跑去，但逾七英尺（约两米）高的展示柜塌下来，堵住了出口的去路。

孔澄呆呆地看着如陷入地狱般的景象。

火舌迅速蔓延，空气中布满了黑色烟雾，孔澄开始感到呼吸困难。

"怎么回事？"巫马愤怒的声音向着半空怒吼。

女人沉沉的声音又响起来："你们怎么会相信幽灵说的话呢？这是个游戏哦，游戏主办单位保留随时修改游戏规则的权利。油画你们是选中了。不过，我还是想找你们来作伴。火可是你们自己放的。对不起呐。"

女人的笑声满溢整个室内，随着火舌翻滚舞动。

孔澄被烟熏得冒出泪水，不断咳嗽起来。

"这里好热啊。"

孔澄的视线已被熏得模模糊糊，炙热的感觉包裹着全身，痛苦地咳嗽着跌倒地上。

巫马蹲下来，抱着孔澄的肩膀。

"喂，孔小澄，不要昏过去，你振作一点。"

巫马也不断咳嗽。

"真卑鄙。这见鬼的到底是怎么回事？"

巫马怒吼着，环视着大厅。

"那边。"巫马指指塌下的展示柜与墙壁间，还有约半英尺（约十五厘米）的空隙，那儿尚有一条背贴着墙壁可通过的出路。

孔澄眼里闪过一丝希望。

"办得到吗？"孔澄怯怯地问。

"试试看。"

巫马拉起孔澄的手，向那条还未被火舌卷上的通路跑去。

"Lady Macbeth 明明是莎士比亚虚构的人物啊，怎会变成幽灵世界的主人呢？"孔澄一边跑，一边不服气地嘀咕。

巫马突然止住了脚步。

"你说什么？"

"嘎？"

"你刚刚说什么？"

"我说 Lady Macbeth 是虚构的戏剧人物啦。巫马，快逃。"

巫马却一动不动，如石像般伫立着。

"巫马。"

"难道，"巫马扬起眉毛，"是在试探我们？"

"嘎？"

"如果不逃出去的话，说不定也不会被烧死。这个幽灵主人，或许是想考验一下我们要见她的决心有多大吧！"

"嘎？不要傻，火真的在烧过来啊。要逃就是现在。"

孔澄回头看向通路，火焰扑上了墙上的巨幅织锦挂毯，挂毯已开始往下坠。要是那巨幅挂毯从墙上掉下来的话，就会连最后的出路也被堵死了。

"巫马。"

"要赌一赌吗？"巫马问孔澄。

孔澄拼命摇头。

这个疯子。怎可拿自己的性命来赌？

"算了，走吧。"孔澄着急地嚷。

巫马把孔澄推向通路，自己却站在原地。

孔澄呆住了。

生死攸关。赌什么赌？

巫马微微铁青着脸，像座山般伫立在大厅中。

孔澄看了看门口的方向，瞬间掠过有点动摇的表情，再回头看了看巫马。

"巫马。"孔澄转身跑回巫马身边。

背后喀嚓地响起撕裂的声音。

孔澄回过头去，舞动着火舌的织锦挂毯掉下来，最后的通路也被封死了。

"啊！"孔澄绝望地喊。

四周已完完全全化成一片红海。

逃不掉了。

孔澄恐惧地看向巫马。

"笨蛋，谁要你留下来？"巫马低嚷。

"你也知道这是疯子般的举动，就不要逞英雄玩赌命游戏啊。"

凶猛的火焰愈烧愈熊。孔澄觉得喉头像被硬块塞着般开始无法呼吸。

像溺水的人拼命想把头伸出水面呼吸新鲜空气般，孔澄仰起下巴，却没有新鲜空气可吸进肺部。

要窒息了。

孔澄颓然跌倒地上。

巫马也露出痛苦的表情跪在地上。

"对不起，看来是我错了。"巫马边咳嗽着边说。

"说、说实话，我、我以为你有百分百把握，才跟你疯的啊。"孔澄比巫马更猛烈地咳嗽着。

"孔小澄，有时候也不要太高估我嘛。"

这个人，为什么要死了还这么优哉？竟然还在苦笑。

"你这个科学怪人。"孔澄不甘心地嚷，"我还不想死啊。"

我还未谈过一场惊天动地的恋爱啊。才不要被烧死。而且，烧死是很难看的吧？会变成很丑陋的鬼啊。

"巫马，你不怕死吗？"

孔澄掩着嘴，拼命睁开被烟熏得泪水直冒的眼睛，看着巫马。

一瞬间，巫马默然地凝视着孔澄。

孔澄呆呆地瞪着那张没有表情的脸。

那一瞬的巫马，看起来好孤独。

孔澄忘记了炙热与窒息的痛苦，怅然地看着巫马。

啊，这个人在世上，并没有教他留恋不去的人或事。

孔澄从出生至现在，从没感受过比这一刻更强烈的孤独感。

"这两个人，真的冒死也要见你哦。"墙上画中的紫袍女人，突然眨动着紫罗兰色眼眸，移动着嘴唇说。

"他们通过了试炼吧？"左边第一幅画上，那个绿宝石眼眸、长着天使脸孔的美女，突然在画中微微侧过脸，看向紫袍女人。

"会为朋友做到这种地步的人，我没话说啦。"紫袍女人的肖像被火舌融化成模糊的油彩颜料倏地消失了。

"幽灵主人走了。"孔澄绝望地低嚷。

大厅忽然响起一把温婉清亮的声音。

"你们还是选错了。Lady Macbeth 只是个虚构人物，我才是幽灵世界的主人哪。"

拥有天使脸孔的美女在画中朝孔澄和巫马眨眨眼睛，慢慢从画中探出脸孔来。

那清丽的脸庞探向油画外的一瞬，大厅倏地散满了柔柔的光辉，恢复了原来优雅祥和的氛围。

一瞬前的地狱火焰之境，就像是个虚幻的梦。

贵妇人如踩着光带般，从油画中走出来，站立在巫马和孔澄跟前。

贵妇人身上散发着一缕幽幽的香气。

银绿色丝缎长裙的裙摆如波浪般舞动着。

柔软的金褐色发丝随着她婀娜的步伐飘扬。

一双绿宝石色眼眸温柔地注视着他们。

"我才是幽灵世界的主人。"

宛如童话中的皇后般漂亮的贵妇人说。

大厅恢复了一片升平景象，每一件古董家具皆完好无缺。

巫马和孔澄神情迷惘地从地上站起来。

贵妇人微微一笑。"刚才你们经历的，是一个扩大了无限

105

次元的立体虚拟真实游戏。就像你们世界中的电子游戏那样吧。Lady Macbeth 软件程序是我的护身符，就像是我的私人保镖那样的东西。要见到幽灵世界的主人，就必须通过模拟死亡的隧道。"

巫马和孔澄惊魂甫定，有点难以置信地瞪着这个自称是幽灵世界主人的美女。

"那你到底是谁？你真的是 Cawdor 家族的祖先吗？"孔澄疑惑地问。

贵妇人摇头说："我是十八世纪一个贵族的夫人。我的真实名字无可奉告，因为直至现在，我的家族还是赫赫有名，绝不会想跟幽灵扯上关系的。你们就唤我作嘉芙莲夫人吧。"

嘉芙莲夫人湖水绿色的眼眸朦胧深邃，温婉的笑颜楚楚动人。这样的绝色佳丽，也曾遭逢不幸的命运，含恨而终变成幽灵吗？

"嘉芙莲夫人也是含冤而逝，所以变成了幽灵？"孔澄茫然地问。

嘉芙莲夫人优雅地摆摆手。

"那你怎么会成为幽灵世界的主人呢？"

实在无法把眼前这个如百合般清丽的夫人，与黑暗的幽灵世界联想在一起。

嘉芙莲夫人像想起遥远的过去般微微倾侧着脸，沉思的表情也显得妩媚动人。

"我生于十八世纪，很同情当时被国王的巫师法迫害的人，运用我家族的势力，暗地里拯救被迫害的人们，安排他们流亡国外。不过，我的能力有限，那时代的苏格兰陷于迷信之风，百姓血流成河，无数无辜的人，被抛掷进河中枉死。苏格兰的湖泊与河流中，不知积聚了多少抱着怨念的幽灵。"

嘉芙莲夫人露出悲伤的表情。

"今日的苏格兰，是一个以贩卖幽灵传说吸引游客的地方，但是，说出来你们可不要害怕，每一个传说，都有它存在的原因。这里确是个幽灵主宰之地。"

对这一点，巫马和孔澄已好好领教过了，绝不会对苏格兰的幽灵传说嗤之以鼻。

"那时候，我因病厌世而投河自尽，对人世间，并没有抱持怨念，原本是可以轮回转世的。但是，在转世前的一瞬，我看见了水中成千上万流离失所的幽灵们。最后，我放弃了转世的机会，成为他们的领袖，领导他们兴建幽灵城市。"

孔澄愈听愈糊涂了。

幽灵不就是随处在人世间飘荡的灵魂吗？幽灵也有自己的城市？

嘉芙莲夫人好像看透了孔澄的疑问般领首。

"在二十世纪，尼斯湖水怪的传说开始流传于世吧？"

嘉芙莲夫人微微抽动嘴角，露出暧昧的笑容。

孔澄和巫马点头。

"然而，后来不少科学家也证实了，尼斯湖是没有水怪的。"

巫马用手指抓抓眉毛思忖着，忽然露出一脸恍然大悟的神情，

"那些无法解释的照片，是你们故弄玄虚，故意让世间的人们看见的假象？"

嘉芙莲夫人泛起淡淡的微笑点头。

"散播尼斯湖水怪的传说，原先是为了恫吓世间的人，好让他们不敢接近尼斯湖。"嘉芙莲夫人偏着头，忍俊不禁地掩着嘴，"料不到会弄巧成拙，反而吸引了世界各地的人来到这儿啊。"

"为什么要阻吓人们前来尼斯湖呢？"孔澄讷讷地问。

"是为了保护你们最重要的秘密吧？"

巫马直视着嘉芙莲夫人美得摄人的脸。嘉芙莲夫人扬起眉毛，向巫马投以嘉许的眼神。

"秘密？"孔澄喃喃地低语。

"如果我没有猜错的话，尼斯湖底，就是你所说的幽灵城市的入口吧？"巫马闪动着眼眸，缓缓地说。

孔澄蓦地抬起眼睛，所有的丝丝线线，在那一瞬间，终于联系起来了。

"韩英树，"孔澄不自觉地提高了声调。"掉落天涯海角的韩英树，他是不是掉进了你们的幽灵城市？那他到底变成幽灵了吗？但我和巫马感应到他还活着啊。"

嘉芙莲夫人微蹙着眉，注视了孔澄和巫马一会儿。

"我们幽灵世界里的人……唉，不，应该说幽灵才是……都很同情你的朋友。我们都想帮助他。但是，他却拒绝我们帮助。我们原先确是答应了他，不会透露他的行踪，让他留在幽灵城市。我们或许是太多管闲事了，但是，如果可以的话，希望你们跟他谈谈，让他改变初衷。"

"你的意思是，你们愿意放他回来吗？那他为什么不肯回来？那不是太奇怪了吗？"孔澄连珠炮地发问，"他到底躲在那个藏书阁做什么？"

嘉芙莲夫人叹口气，脸上泛起哀愁的表情，幽幽的眼神飘向窗外。

"还是让你们亲自问他吧。人世间的贪嗔怨痴，我也已经渐渐淡忘了。"

嘉芙莲夫人静静地叹息。

嘉芙莲夫人哀愁的表情，与女巫和衣莎贝老太如出一辙。

与嘉芙莲夫人的对话，也是跟女巫和衣莎贝老太一样，兜兜转转，没有答案。

为什么她们每一个人都好像在隐瞒着什么秘密般吞吞吐吐？

而且，在幽灵之中，好像也分成了两派。嘉芙莲夫人和女巫似乎希望孔澄和巫马能找到韩英树，但衣莎贝老太却反对他们寻根究底。

为什么？

"你说让我们亲自见见韩英树，我们能进入你们的幽灵城市吗？"巫马沉吟着问。

嘉芙莲夫人恬静地微笑着。

"那就要看你们了。聪明的年轻人，你已经洞悉了幽灵城市的入口。问题是，当入口的门打开时，你们真的会有勇气跨进去吗？但愿你们不会教我失望。"

嘉芙莲夫人灿如星闪的绿宝石眼眸，荡漾着奇异的幻彩，静静注视着巫马和孔澄。

"你的朋友在哪儿失去了什么，就到哪儿去找回来吧。"

巫马和孔澄站立在尼斯湖畔。

如尹纯所说，平静无浪的湖面，像一块紫蓝色丝绒布般覆盖着大地。

雾灰色的天空浩瀚地伸展着。

湖畔的温度似乎特别低，孔澄嘴里，不断呼出白色的雾气。

"好漂亮。"孔澄喃喃地念着。

水面平静如镜。

直到这一刻，孔澄才真正明白"平静如镜"的意义。

在湖面的镜子中，清晰地倒映出环绕湖畔优美的自然风景。

天空、云朵、苍松翠柏……全像被吸掉了精魂，栩栩如生地悬浮在水的镜子里。

"是个完美的倒影世界啊。"巫马叹喟着。

两人屏息静气地凝视着这动人的自然景象，仿佛任何多余的动作，都会亵渎了这片无瑕的静谧。

时间和世界仿佛完全静止了。

"这就是幽灵世界一直保护着的秘密，倒影城市的入口吧。"巫马脸上罕有地露出不可思议的表情。

"我明白了，只要相信倒影城市的存在，就可以顺利通过吧。"孔澄喃喃念着。

就像画中世界一样。

自己这次一定要争气点，不要再成为巫马的负累。

只要自己蜕变成美丽的蝴蝶，巫马便会对我另眼相看吧？

这一次，我可不会让你小看啊。

孔澄偷偷瞄了一眼像落入沉思中的巫马，深呼吸一口气，集中意志力，毫无预兆地，扑通一声跃进湖里去。

湖水冰寒刺骨。

集中念力。集中念力。虽然我不懂得游泳，但绝不会淹死的，只要相信水中存在着倒影的幽灵城市……

但是，口里切实地不断灌进水，身体不断往下沉。

怎么回事？哪里弄错了？怎么还没进入倒影城市？

救命呀。孔澄开始乱七八糟地拨动着手脚。

一双强而有力的大手抓住了她，身体开始向湖面漂升，脸孔霍地冒出湖面。

孔澄不断呛着水咳嗽着。

"不要放手。我不懂游泳的呀。"孔澄死命抓着巫马的肩膀。

"孔小澄！"巫马一面拂着脸上的水滴，一面以匪夷所思的神情瞪着孔澄，"你到底跳进湖里干什么？"

"嗄？"孔澄拼命挤着鼻孔，挤出闭塞在鼻孔中的水。

"你头脑有问题吗？莫名其妙地跳进湖里去干吗？"巫马像看奇珍异兽般看着孔澄。

孔澄委屈地擦着还滴着水的眼睛，问："我们不是要去

111

幽灵城市吗？这是入口嘛。不是跟进入画中世界的原理一样吗？"

巫马木起脸，瞪视着孔澄好几十秒钟，忽然受不了地大笑起来。

"孔小澄……孔小澄你……"巫马笑得说不出话来。

"喂，你不要放手呀。你放手我会淹死的啊。"

巫马好不容易止住了笑声。

"孔小澄，为什么我会这么倒霉？上天会挑选你拥有异能。"巫马还在断断续续地笑着，"孔小澄，'勇敢'和'鲁莽'在字典里可不是同义词。"

呵呵呵呵呵呵呵。

孔澄不断眨着眼睛。

"你笑够了没有？我好像是弄错了。不过，在火海中也不逃生的人，恐怕也分不清'勇敢'和'鲁莽'两个词汇的分别呀。"孔澄气呼呼地嚷。

巫马被抢白了，又嬉皮笑脸地露出那排雪白的牙齿。

"总之，孔小澄你不要再唬我，莫名其妙地投湖，会一命呜呼的。"

巫马又耸动着肩膀，像忍不住般再次大笑起来。

真是讨厌透顶的男人。神经病。自大狂。

"那你知道要怎么进去吗？"

孔澄无计可施地继续紧紧抓住着巫马的肩膀。

"我正在想呀。嘉芙莲夫人说过，'当入口的门打开的时候'吧？换言之，通路是在某种情形下会因某种机关开启的。我们只能等待那个时刻。"

"那你干吗不早说？"

"我怎知你会像滚地葫芦般滚进水里？"巫马还是不放过孔澄，"可惜我没有带摄影机在身上啦。"

呵呵呵呵呵呵呵。

孔澄实在忍无可忍了，赌气地松开抓着巫马的手，下一瞬间，又呼噜呼噜地沉进水里。

巫马呆了半晌，赶紧潜进水中，再次把孔澄抱回水面。

孔澄再次喝进了满肚子的水。

"拜托，请你好好抓紧我。"巫马像完全不明白孔澄是故意甩开他的，一脸认真地训她。

"你一直笑人是笨蛋，人家也是很拼命，很努力在锻炼哦。我才不用你施舍好心救我。"孔澄想挣脱巫马，却怎样也无法挣脱他强壮的臂弯。

"明白啦，明白啦。"巫马敲了敲孔澄的额头，替她把刺着眼睛的发丝撩起。"是我说得过火了，下次教你游泳吧，把你训练成女飞鱼就好。"

巫马收起笑容，认真地赔罪。

"那、那就算了吧。"

自己也太逊了，怎可以被他逗一逗就原谅他？

算了算了，我是大人不计小人过。孔澄在心里跟自己说。

"那你到底打算什么时候才带我回岸上呀？这里好冷啊。"

"孔小澄陛下，是是是。首先，你放松身体浮在水上，我现在扮演救生员，你是遇溺者，我带你回岸上去。"

"嘎？这么丑怪。才不要。"

"那你懂得自己游回岸边吗？"

"不懂。"

"不懂就不要逞强。"

就在巫马和孔澄你一言我一语的时候，湖水突然震动起来。

湖面先是漾起静静的波纹，接着出现一圈圈涟漪，不断向外扩散。

湖水更剧烈地震荡着，仿佛湖底快要崩塌。

然后，湖面出现了一个小小的、像风眼般的漩涡，那漩涡愈转愈大，渐渐变成一个无比巨大的漩涡。

"湖里怎会有漩涡？"孔澄讶异地问。

"现在，就是现在。好好闭气，屏住呼吸一会儿。"

巫马拉着孔澄的手，忽然一把潜进湖里。

在紫蓝色的水世界中央，卷着一个像龙卷风般的巨型漩涡。

巫马拉着孔澄的手潜过去。

愈接近漩涡，可以看见湖底的砂石都被狂乱地卷进漩涡中央。

凶猛的水流冲击力，好像会把接近的生物都狂暴地摧毁。

在心的一隅，孔澄好想退缩，但是她也知道，这就是嘉芙莲夫人所说的入口。

巫马用力握着孔澄的手，朝她点了一下头。

孔澄害怕地闭上眼睛，下一瞬间，他们已被卷进了漩涡中。

那根本不是任何意志力或念力可以对抗的残暴力量。

孔澄感到自己像被塞进洗衣槽里的被单，眼前金星直冒，身体不断地被水流旋转撞击着。

全身肌肉酸痛，那种痛楚，真不知该怎么形容，就好像全身的骨骼构成、四肢五官、五脏六腑都被揉碎了，锥身锥心的痛。

这样下去，会死掉啊。孔澄茫然地想。

她和巫马牵着的手，早被水流击开了。

眼前只看见白茫茫的泡沫。

下一瞬间，白茫茫的泡沫也消失了。

孔澄意识模糊地微张开眼。

紫蓝色的水世界。

自己正在一片紫蓝色的水世界中，缓缓沉落。

"孔澄，孔澄。"有人掴着自己的脸颊。

由出世至今，可从没被人掴打过。

为什么要被掴？

好痛啊。

孔澄骤然张开眼睛。

雾灰色的浩瀚天空。

巫马滴着水珠的脸庞。

巫马嘘一口气坐倒在石滩上，说："终于醒过来了。"

孔澄微微欠起上半身。

是刚才她跃下尼斯湖前，与巫马并肩伫立的湖畔石滩。

"我还在犹豫，是不是要替你人工呼吸呢。我倒是绝不介意的，不过，孔小澄醒来的时候，会掌掴我吧？是吗？"巫马又在碎碎念。

"怎么回事呀？"孔澄讶异地坐起来。

"失败了。"巫马投降似的举举手，抬头看向天空吁一口气，"在漩涡消失之前，我们只是像小动物般被漩涡翻卷着，我还担心会变得血肉模糊。然后，漩涡又倏地消失了。"

巫马露出颓然的表情。

"不过你没事就好。我们再想办法吧。"

巫马拍拍长腿站起来，滴着水滴的牛仔裤看起来沉甸甸的。

孔澄爬起来，仍然有点晕头转向。好像滑冰后，踏在平地上般脚步虚浮。

"可不可以走路？"巫马问。

孔澄点头，迈开了两步，却像酒醉般蹒跚。

巫马笑笑说："未恢复方向感吧？来。"

巫马以背部向着孔澄，微蹲下身。

"干吗？"

"不用害臊，我背你啦。"

"不用呀。"孔澄软弱地摆手。

"原来你懂得害臊的。"

巫马还是不由分说地一把背起了孔澄。

"很重吧？"孔澄尴尬地嘟囔。

"唔，"巫马笑着，"十斤大米袋，我们走吧。赶快回去淋个热水浴，否则铁定感冒。"

巫马迈开长腿走着，孔澄双手圈着巫马宽厚的肩膀与脖子，巫马每走一步，孔澄的下巴都会轻轻碰到他的左肩。

孔澄笨拙地挪动着双手。该拥紧一点还是怎样呢？

"抓紧一点啊。摔下来的话，这次就变成滚地葫芦了。"

孔澄轻轻咬咬唇，把下巴贴在巫马的脊梁上。

这个人，体温好惊人呢。

巫马踏着大步，朝来时杂草丛生的小路走去。

"呀，"孔澄忽然想起什么似的嚷嚷，"回头回头。"

"又怎么了？"巫马微转过脸来。

帅气的侧脸。

孔澄结结巴巴起来："我的围巾，掉在湖边了。"

"唉，孔小澄。"

巫马把孔澄在背后甩了甩，转过身去走回湖边。

石滩上，柔软的灰蓝色围巾，被风轻轻吹拂着，像扬着手在呼唤他们。

"还好没有忘记。这是大学时尹纯送我的生日礼物。"

巫马没有回应。

"怎么了？"孔澄问。

"松树。"巫马喃喃地说。

"嘎？"

"松树的位置不同了。"巫马的声音透出亢奋。

"不同了？"

"看，刚才那棵松树是在湖的右边，对吧？"巫马语气急促地说。

孔澄抬起脸看向松树。

是哦，刚才那棵最瞩目的古老苍松，在湖岸的右边。然而，现在……

松树移到了左边。

啊，左右对错了。

"哇哈，原来我们已经进入了啊。已经在倒影的幽灵城市里啊。"巫马朗声说。

"哎哟。"巫马背后，传来孔澄的惨叫声。

那一瞬，巫马竟然把后背上的孔澄忘了，大动作地挥动着双手，孔澄就像滚地葫芦般，四脚朝天地跌在石滩上。

Chapter 6　绵羊山

"接下来怎么办？我们要到哪儿去找韩英树？"

孔澄和巫马拖着湿漉漉的身躯走回大路上。

巫马皱着眉说："嘉芙莲夫人说过，'你的朋友在哪儿失去了什么，就到哪儿去找回来'。"

"唔，是什么意思呢？"孔澄点着下巴，"是给我们的暗示吧？告诉我们韩英树在哪儿的暗示。"

"那为什么不直截了当地告诉我们？"

"你记得吗？女巫、衣莎贝老太和嘉芙莲夫人，都说过什么答应了'那个人'保守秘密。好像是曾经许下诺言，保守韩英树在幽灵城市的秘密。但是，女巫和嘉芙莲夫人，又暗暗期望我们能揭开那秘密，所以才协助我们。"

孔澄甩甩滴着水的短发。

"唔，说起来很复杂，但感觉就是那样吧。"

"还是无法理出头绪来。"巫马沉吟着，"我们先到处看看吧。"

巫马和孔澄沿着来时路走回酒店，路上一个人影或幽灵的影子也没有。

巫马和孔澄有点没奈何地踱步回到 Bunchrew House 酒店。

"幸好酒店仍在。"

孔澄放下心头大石地踏进庭园。

骤眼看去，酒店好像完全没有两样。

他们租来的白色房车，也端正地泊在停车坪。

"我们真的已进入了幽灵城市吗？一切好像没有不一样

啊。"

孔澄又疑惑起来。

巫马指指粉红玫瑰色外墙的宅第与旁边酒店工作人员居住的白色小平房。

"仔细看看。左右是不是倒错了？停车坪的位置也是呀。"

"喔。"孔澄睁大眼睛猛点头，"那是说，尹纯已经不在这酒店的房间里等着我们了，是吗？不知道她会不会很担心我们，我们已经出来大半天了。"

巫马和孔澄踏进酒店大堂。

出乎意料，酒店还是营业中的模样。

大堂入口右边的小酒吧里，火炉映现着温暖的火光，坐满了一室客人。

有穿着中世纪服装,也有穿着时髦二十一世纪装束的男女。

最令孔澄讶异的是，幽灵城市好像住着不同国籍的人，有金发、褐发、红发的外国人，也有黑头发黄皮肤的亚洲人。

孔澄看看腕表，下午五点稍过，正是饭前小酌的时间。

一头银丝白发，披着枯叶色裙袍的衣莎贝老太，扶着楼梯把手，从二楼慢慢走下来。

"你们还是来了。"

衣莎贝老太轻轻叹口气，恍如透明的玻璃珠瞳眸注视着巫马和孔澄。

"老太，这里真的是幽灵城市吗？"孔澄问。

衣莎贝老太点着枯瘦的头颅。

"在这儿，我是这旅馆的主人，今天客人蛮多的。"

衣莎贝老太转过脸看了看酒吧那边。

"那些是……"孔澄循着老太的视线，惶惶然地问。

"跟我一样，是幽灵哦。"老太淡淡笑起来，"你们身在幽灵城市，除了你们两位外，遇见的人，当然都是幽灵啦。"

"但是，里面还有亚洲人呀。"

老太以一脸啼笑皆非的表情看向孔澄。

"这是个无分国界的城市呀。幽灵的世界还要分种族宗教，因为不同的信念而憎恨或分隔彼此，未免太累了吧？只要是水中的幽灵，就可以在这倒影城市中静静生活。"

这时候，酒吧里喧嚣的声音突然静下来，幽灵客人相继把目光投向巫马和孔澄。

有些幽灵对他们展现出友善的微笑，有些幽灵却一脸木然地瞪着他们。

其中那个黑头发黄皮肤，不知是中国籍还是日本籍的男人，也以不太友善的表情盯视着他们。

"既然来了，就不要介怀大家的眼光好了。"老太以安抚他们的口吻说。

"大家好像不怎么欢迎我们？"

巫马可以感到不少带有敌意的视线烙在脸上。

"你们是嘉芙莲夫人邀请来的客人，大家都知道了。"

"嗯？"

"你们的事情，是这城市近日最热门的话题。也难怪，我们在这里，时间是没有尽头的，就是说，每一天会无止境地延续下去。我们已过了二百多年这样的生活了。一旦有什么新鲜事儿，大家难免会兴致勃勃地争议讨论一番。"

老太有点尴尬地搓揉着布满老人斑的干瘦小手。

"说实话，我很尊敬嘉芙莲夫人，她的决定，也有她的道理。不过，像我之前跟你们说过的，我并不认同你们牵扯进这件事情中。"

"但是……"孔澄一脸委屈。

我不想我最好的朋友伤心流泪，到底有什么不对？

老太摇了摇头。

"算了，这城市有不少幽灵反对你们介入这件事情，也有不少幽灵欢喜地等待着你们。我的劝阻，到最后，毕竟也是徒然的吧。"

"到底为什么阻止我们？"

"知道真相，并不能改变什么。对别人的人生，对别人的痛苦，我们既然无法感同身受，我觉得，还是置身事外的好。"

老太饶有深意地看着巫马和孔澄。

"但是尹纯……也就是韩英树的女朋友，因为失去了他很痛苦啊。"

"除非成为幽灵，否则，生存在世，痛苦是免不了的事情，不是吗？即使已经成为幽灵的我们，还是免不了有各种烦恼。重要的是，韩英树在这里已获得解脱，前尘已了，他本人也不愿见你们。我真不明白嘉芙莲夫人和女巫们，为什么要多管闲事。"

老太又重重地叹口气。

"但是……"

老太摆摆手说："算了，算了。你们的车子还在那边，我看你们还是一意孤行，要去天涯海角的吧？"

"天涯海角？"孔澄茫然地念叨。

"对了，嘉芙莲夫人说过'你的朋友在哪儿失去了什么，就到哪儿去找回来'，指的就是天涯海角吧？"

巫马和孔澄互看一眼，不约而同地露出振奋的神色点头。

"那就早点上路吧，时候也不早了。"

老太紧抿着干瘪的嘴巴，以有点漠然的眼神再看了看巫马和孔澄一眼，转身走向幽灵们聚集的酒吧。

苏格兰　斯开岛（Isle of Skye）

白色房车穿过蜿蜒曲折的山中小路，苏格兰高地的风光在后视镜中一点一滴淡退。

驶上宽阔的大桥，横渡了 Loch Alsh 湖[①]，脚下的土地，就是苏格兰西北部四面环海的小岛斯开岛。

"在古爱尔兰语中，Skye 是翅膀的意思，因为这座岛屿的形状，就好像翅膀一样。"巫马边操控着方向盘边说。

"像翅膀一样的小岛啊。"孔澄看着车窗外缓缓流过的风

[①]　阿尔什湖。

景，把额头抵在窗玻璃上。

翅膀这两个字，总令孔澄想起天使。意大利油画中，像婴儿般有着圆圆的脸孔与手臂，背后长着可爱的小翅膀，站在棉花糖云朵上的小天使。

能自由飞翔的小天使。

象征着真、善、美的小天使。

"看看我们身边每一个人，谁又真正拥有过真、善、美的爱情？"尹纯说过的话，在孔澄心里轻敲着。

"小时候，我好想触摸云呢。"孔澄伸长双臂绕在靠枕上说。

"嗯？"

"坐飞机的时候，会看见像棉花糖般的云朵吧？你会不会好想可以把手伸出机舱外，触摸云朵？"

"云上不是住着天使吗？我倒想触摸天使多一点。"巫马吃吃地笑起来，"不过最好不是意大利油画中胖嘟嘟那种天使，而是漂亮可爱，穿着迷你裙的天使。"

"巫马聪。"

"是，是。"巫马挪直身体，把稳方向盘。

"那时候，爸爸妈妈就说，云是看得见却永远触摸不到的，于是我一直很纳闷。在那以前，我一直以为，只要看得见的东西，自然就可触摸到。"

"嗯。"巫马漫应着。

"巫马，你有没有在听我说话呀？"

"在说云嘛。"巫马搔搔头。

"不过，"孔澄吁一口气，"原来事实就是那样。看得见的东西，无论看似多么接近，也会触摸不到。"

孔澄转过脸，看向巫马轮廓深刻的侧脸。

"嗯。"巫马又心不在焉地漫应着。

孔澄低声叹口气。

如果是尹纯或康怀华的话，会明白她在说什么吧。

即使看得见，也触摸不到的云。

"这里云很厚，雾也很浓啊。"孔澄微微蹙起眉。

难怪此地拥有"朦胧之岛"的别名。

"我一直以为斯开岛是个鸟语花香、人间天堂般的小岛。"孔澄有点失望地说。

极目望去，只有浩瀚的天空拥抱着大地，四周是绵绵无尽的荒野和草地，好像来到了一个被世界忘记了的荒岛。

"我觉得这里很好呀。"

巫马按开车窗，清澈的空气灌进车厢。

"这里到底有没有人住的？"孔澄有点纳闷地问。

巫马笑起来说："当然有，不过人口很少。"

巫马瞄了瞄汽车仪表盘的汽油余量。

"如果看见加油站的话，要停下来加油了。"

汽车再前进了二十公里左右，终于看见加油站。

孤寂地立在路旁，像高速收费亭般简陋的小加油站。

巫马把车子靠近加油站停下。

一个大块头男人从收费亭窗口探出头来。

苏格兰的加油站都是自助式的，只要在收费亭付好钱，职员便会解开遥控锁，让客人自己把管子插进汽车里加油。

"这里没汽油卖。"褐色眼睛的中年男人语气倔强地说。

"啊，"从驾驶席上走下来的巫马搔搔平头，"这可伤脑筋，汽油快用光了。这附近有其他加油站吗？"

男人耸耸肩说："问题是，我看附近没有人会愿意卖汽油给你们。"

"欸？"巫马终于明白过来。这加油站的幽灵先生，好像也是衣莎贝老太那一派的吧，"你知道我们是谁？"

男人从鼻孔里哼一口气，说："那男人是在我们这天涯海角消失的吧？他喜欢留在这儿，你们就不要强人所难呗。"

"我们不是强人所难，只是想跟他谈谈而已。"巫马无奈地摊摊手。

"这就是强人所难。嘉芙莲夫人到底在想什么？"

男人拒人千里地抱起胳臂。

"那我们不打扰你了。"

巫马也有点动气似的坐回驾驶席上。

"看来，我们真是这里的红人喽。"

巫马比平常用力踩下油门，脸带不悦地把车子驶离加油站。

"我们一路上一个人也没遇见过，说不定，幽灵们都在躲开我们吧？"孔澄也显得一脸纳闷地低语。

半晌后，巫马好像终于平息怒气，渐渐恢复一贯的从容表情。

"孔小澄，不用担心。衣莎贝老太说过，这里也有支持我们的幽灵。只要幸运地遇上他们，问题就会迎刃而解。"

"还剩下多少汽油？"

"我想支撑不了十公里。"

"真是的，应该先把油缸注满才出发的吧？"

巫马搔搔头说："刚才想不起来。"

汽车继续在四野无人的公路前进，仪表盘油量显示愈来愈低。

"真伤脑筋哪。"巫马皱了皱眉。

仪表盘开始闪动红色警告灯，车子终于"油绝"停下来。

巫马抱起胳臂。

"怎么办？"孔澄担忧地问。

巫马耸耸肩，一脸不在乎地说："那只有用脚走吧。"

巫马打开车门走下驾驶席，舒服地伸个懒腰。

"运动运动，舒展身心。"

"嘎？还有三十多公里路才到天涯海角啊。怎么用脚走？"

"这是名副其实的健步行步啦。"

巫马嬉皮笑脸地开步走。

孔澄嘟着嘴巴，无可奈何地走下车厢。

两人沿着公路，开始慢慢步行。

步行了一个小时左右，暗暗的天空开始下起雾雨。

"真是祸不单行呐。"孔澄嘟哝。

"你的毛衣不是有帽子？戴上啦。"

"那不太好嘛。"孔澄摇摇头说，"好像只有我一个人撑伞那样。"

"你不要老像大婶般啰唆啦。"

巫马掀起孔澄毛衣上的连衣帽子替她套上。

"哈，像个玩具娃娃那样。"

"你还有心情说笑？我已经好累了。"孔澄没好气地翻翻白眼。

"因为你平常都不做运动锻炼身体吧？"

巫马一副悠悠然的模样走着，丝毫没有疲态。

"可不要指望我又背你，你年轻力壮，我这个老头儿今天背你一次，已经筋疲力尽。"

"我自己有脚，谁要你背？厚脸皮。"

孔澄朝巫马扮个鬼脸。

"喂喂，巫马你看，那边那边，山坡上，有好多绵羊啊。"

在不远处的绿色草坡上，绵羊们睁着清澈的眼瞳，或卧或站，悠闲地嚼着青草。

"绵羊有什么好看？在苏格兰，绵羊的数目，比人口还要多。"

"我未抱过绵羊啊。"

孔澄好像霎时忘记了两人现在的困窘，朝草坡跑上去。

巫马摇摇头，慢慢随后走着，从牛仔裤袋里掏出香烟包，点燃了一根烟，悠闲地吞云吐雾。

"巫马，这头绵羊好像你呀。"

孔澄兴奋地跑向一头懒洋洋地躺在草地上，慢条斯理地嚼着青草根的绵羊。

绵羊缓缓抬起眼睛，瞄了孔澄一眼，像不感兴趣地垂下脸，继续津津有味地啃着草。

"喂，巫马聪。"孔澄蹑手蹑脚地走近绵羊喊着。

孔澄还在一米以外，绵羊已一骨碌地从草地站起来，有点嫌烦地看向她，背转身摇动着屁股，挪远一点儿，再重新舒服地躺下，一脸惬意的表情。

"绵羊不喜欢被人抱的啦。"

巫马叼着烟，微眯着眼睛，眼神像在看着远方。

四周雾气浓重，视野朦朦胧胧，只有一片无止境的幽绿。

天色已暗下来，好像快要入黑了。

"你不觉得那头白面羊很像你吗？"

"每头羊都一个脸孔的啦。绵羊的话，连公羊母羊看上去都一样呐。"巫马没好气地掸着烟灰。

"才不是呢。只是你不懂得看嘛。"

巫马侧起头研究着，说："横看竖看，每头羊都一模一样啦。"

这个人，为什么她说什么，他都要跟她抬杠？

"从羊的眼睛看过来，我们每个人想必也是同一副脸孔吧？但事实却不然。所以，绵羊也一定有分俊男丑男，美女丑女的啦。"

"那像我那头羊是俊男还是丑男？"巫马调侃着问。

"马马虎虎啦。"孔澄捋捋刺进眼睛里的刘海。

"我四肢五官，到底哪里像羊？"

"就是那副独个儿悠然自得，讨厌被人骚扰的表情。"

一头黑面羊走近白面羊身边，白面羊又有点嫌烦地挪开身体。黑面羊有点没趣地走开了。

"愈看愈像。"孔澄又笑起来，"喂，巫马聪。"孔澄圈着手放在嘴巴前嚷嚷。

羊抬起脸，睁着杏仁形的眼睛注视了孔澄一会儿，像受不了骚扰地再次站起来，慢条斯理地走进树底下的羊群中。

"巫马聪忽然变得合群起来啦。"孔澄开玩笑地说。

巫马没好气地摇摇头。

"喂，孔小澄，我好像没看见过你穿裙子啦。怎么样？要羊分出你是男是女，可要穿迷你裙才成。你这样天天穿着牛仔裤，会发育不良吧？"

巫马闪着促狭的眼神。

"神经病，我过了发育年龄好久啦。而且，我漂亮的大腿和小腿，是留给我未来男朋友欣赏的。才不让你们这些色男人吃冰淇淋。"

孔澄立刻堕入陷阱，气呼呼地抱着胳臂。

巫马扬起眉毛说："果然如我所料，孔小澄没有男朋友呐。难怪常常像小鸡般心浮气躁。"

巫马高兴地笑着。孔澄唰地红了脸。

"欸，雨好像变大啦。"

孔澄感到滴在脸上的雾雨，开始变成黄豆大的雨粒。

"嗯。"巫马点点头。

"欸？"孔澄站在山坡上踮起脚尖，"欸！"孔澄忽然双眼发亮，雀跃地跳起来，"喂，前面路口如果转左的话，有另一个加油站呀。"

巫马跨着大步跑上坡顶。

不远处的加油站亮着霓虹灯。

"这次有救了，遇上好心人的话，会卖汽油给我们吧？"孔澄嚷。

巫马吁一口气，拉拉孔澄的帽子。

"孔小澄，你的运气总好像不错嘛。"

"失礼失礼，我是福星，你要多些讨好我才是。"

两人展开竞跑的步伐奔下坡路，朝加油站跑去。

收费亭的售票窗口紧紧闭着，加油站内好像一个人也没有。

"唉。"孔澄停下脚步，泄气地垂下肩膀。

巫马绕着收费亭四周来回走了一遍，再敲了敲窗户。

"里面好像有人影呀。"

巫马更大力地敲着窗户。

半晌后，终于有人缓缓拉开窗户。

"这个……我很为难的……"

收费亭里坐着一个中年男人。是黑发黄皮肤的中国人。

太幸运了，竟然遇上同胞，这次有救了。

"我们的汽车在路上抛锚了。可不可以卖汽油给我们，还有能不能劳烦你开车送我们过去？"

男人看了巫马和孔澄一眼。

"这个……你们就是大家在谈论的那两个人吧？"

男人蹙着眉。

"大家都是中国人啊，难得会碰上一个同声同气的人，你不是要拒绝我们吧？"孔澄情急地嚷。

男人终于老大不情愿地打开收费亭的门走出来。

"正如你说，大家都是中国人，我不是想见死不救。不过，韩英树根本不想见你们。大家也只是尊重他的决定。"

孔澄脑里灵光一闪。

"你、你一定认识韩英树吧？"

男人犹豫地点点头。

"他还活着，为什么不肯回到我们的世界啊？为什么要鬼鬼祟祟地躲在幽灵城市？"

男人双手插进裤袋里。

"我想是有不得已的苦衷吧。"男人一脸愁苦，"他从天涯海角失足掉落了，警方也认为没有生还的可能。韩英树认为这正好是结束一切的出路，希望就此在人们心目中消失。你们为什么不能谅解呢？"

"当然不能谅解啊。"孔澄急得直跺脚，"你明白他的女朋友会内疚受苦一辈子吗？"

男人沉默无语。

"他不介意尹纯为他伤心流泪吗？"

男人还是沉默不语,像回避着孔澄炯炯的眼神般移开视线。

"难道,"孔澄咬着下唇,忽然有点明白了,"难道韩英树不是一心一意向着尹纯的?他也爱他的太太?他以为一死就可以解决一切问题吗?这样太卑鄙了。"

孔澄终于想到了韩英树鬼鬼祟祟地躲在幽灵城市的理由。

"他要回太太和小孩身边的话,就好好跟尹纯道歉。他要留在尹纯身边的话,就回去跟太太离婚好好作出交代。要玩女人的话,也要玩得像个男子汉。哪有这么窝囊的男人,让两个女人为他伤心流泪,他却像缩头乌龟似的躲在这儿,优柔寡断,什么责任也不用负。他以为一死很伟大?一死就可以解脱一切吗?"

孔澄气得脸红耳赤。

"你们既非当事人,别人的痛苦和困扰都是隔岸观火,为什么要多管闲事呢?"

男人沉默了半晌,缓缓地开腔。

"久闻你们大名,说真的,其实我也很想与你们见见面。就是因为我认识韩英树,所以很清楚他无论如何不会回去了。就当我是个传话的使者,请你们让一切就此结束吧。如果有机会的话,也请传话给你朋友尹纯,虽然我无法说出原因,但是,韩英树很爱她。我想,我们之间很多人⋯⋯唉,幽灵,也没那样爱过一个女人。所以,大家都尊重韩英树的决定。请告诉尹纯,无论过去和现在,韩英树都一样爱她,从来没有改变。他加入了我们幽灵的行列,就要面对百年千年永远没有终结的存在。那虽然比当游魂野鬼好，但没有结束的存在，也是你们无法想象的苦闷和空虚的啊。"

男人悠悠地吐口气。

"我并不认为韩英树会与你们见面，不过，我就送你们到天涯海角吧。天涯海角的海峡，也是通回现实世界的出口。你们还是回去吧。"

男人走向加油站前停泊着的黑色房车。

黑色房车内的后视镜下，悬挂着一束小小的欧石南。

巫马和孔澄在天涯海角上，等待了一天一夜。

与他们相伴的，只有云雾风雨。

巫马和孔澄肩并肩地仰卧在泥土地上，双手枕在脑后，看着日升日落，直至天空镶满星星。

"韩英树已经下定决心不回来我们的世界了吧？"

孔澄四肢发冷发软，肚子也在咕咕作响。

"但是嘉芙莲夫人和衣莎贝老太，不是都指示我们来这里的吗？"

"或许韩英树只是饵吧？"巫马蹙着眉，"或许，嘉芙莲夫人早已料到韩英树不会见我们，但是，这里一定有某一样很重要的东西，等待我们去发现。"

"发现？"孔澄茫然地搜寻着思绪。

天涯海角的景色，孔澄已经相当熟悉，就算闭上眼睛，也可描绘出这里的风景轮廓。

雾灰色的天空。险峻的海岸线。赤褐色的巨岩。在巨岩下呼啸着的冰蓝大海。

风雨飘摇的氛围。

在一片苍茫的景色中，在悬崖边缘，奇突地盛放着的欧石南花。

欧石南。Heather。尹纯。

"人世间的贪嗔怨痴，你到底经历过多少？无法回头的爱情，总会招致无法回头的结局。"衣莎贝老太说。

孔澄突然感到心脏像被人猛力揪住般剧痛。

"巫马，我、我……好痛。"

孔澄脸容痛苦地扭曲着，从地上爬起来。

"怎么了？"巫马也一骨碌坐起来。

"我的心脏……"孔澄喘息着，"为什么会这样？"

为什么会感到这么痛苦？

欧石南。Heather。尹纯。

流着泪的尹纯。

泪滴落红色地毯上。

红色的泪。

血！

"是尹纯。"孔澄瞪大眼睛，"不好了，尹纯出事了。"

Chapter 7 藏书阁之谜

从天涯海角跃下，通过漩涡隧道，巫马和孔澄离开了幽灵城市，赶回 Bunchrew House 酒店。

尹纯割脉自杀，被送进了附近的医院。

"割伤了大动脉，差点就没救了。左手腕以后可能没法再握重物，不过，幸好生命已没有危险。"当值医生跟巫马和孔澄说。

巫马和孔澄走进病房。

尹纯躺在最靠近窗户的床上，紧闭的眼帘下垂着乌黑的长睫毛。

窗外淡淡的阳光洒在她线条柔和的苍白脸庞上。

裹在粉红色被单内的身躯看起来孤单瘦小。

孔澄走近床边，轻轻抓着尹纯露出被单外的指尖。

巫马站到窗户前，注视着窗外的景色。

孔澄叹口气说："是我不对，应该好好留在尹纯身边照顾她的，却丢下她不管，去追寻一个缥缈的幻影。"

"我们不是只差那么一点点吗？"巫马转过半边脸来，沉吟着说。

"继续追寻下去又怎样呢？如果尹纯知道是韩英树自愿选择从这世界上消失的，只会为她带来更大的伤害吧？尹纯是个死心眼的女孩，她全心全意去爱的人，并没法回报她同等分量的爱。如果知道韩英树选择逃避来结束他们没有出路的三角关系，她永远不会原谅他，也不会原谅自己。她会永远痛苦。"

"作为一个成熟的男人，我不认为韩英树会单纯因为一段没有出路的三角关系而选择人间蒸发。"

"太疲累的时候，男人和女人也会软弱地想逃避呀。不然就不会有殉情的故事了，不是吗？只要冷静下来，就会明白只要活下去，什么问题都可以解决。但是，自杀的人也好，一起携手去殉情的人也好，在那一刻，就是觉得无路可走吧？这是心的问题，不是用理智可以思考理解的问题。"

"我还是觉得无法释然。"

巫马转过身来，抱着胳臂。

"你又不认识韩英树，面对同样的困局，或许巫马不会那样做。但是，每个人会做出怎样的选择，只有那个人能回答啊。"

啊，自己说话的语气，怎么愈来愈像那些幽灵了？

衣莎贝老太和加油站的幽灵先生也说过类似的话。

"知道真相，并不能改变什么。对别人的人生，对别人的痛苦，我们既然无法感同身受，我觉得，还是置身事外的好。"衣莎贝老太说。

"你们既非当事人，别人的痛苦和困扰都是隔岸观火，为什么要多管闲事呢？"加油站的幽灵先生说。

巫马像落入沉思中，沉默了好久。

尹纯长长的睫毛颤动着。

"尹纯。"孔澄把尹纯的手包裹在掌心里。

"啊。"尹纯张开眼睛，缓缓转过脸来，"害你们担心了。"

尹纯挤起脆弱的微笑。

"笨蛋。"孔澄忍着泪光，拍拍尹纯的额头。

尹纯虚弱地笑笑说："是啊，我真是笨蛋。"

"都是我不好，答应了好好照顾你的，却把你丢在一旁。"孔澄一脸自责。

尹纯轻轻摇头说："别傻啦，我已经不是小孩了。"

尹纯不断眨着润湿的眼睛。

"不要再留在这里胡思乱想了。"

孔澄眨着清澈的眼瞳，深吸一口气，缓缓地开腔。

"尹纯，我们回家吧？"

尹纯默默地瞅着天花板。

"一直以来，你和巫马都是好心地在骗我吧？英树已经死了，已经不会再回来了，是吗？"

尹纯转过脸凝视着孔澄。那哀怜的表情，像期待孔澄肯定她说的话，又像抱有一丝希望，她会否定她说的话。

孔澄沉默了好久才静静地回答："是的，韩英树掉下了天涯海角，已经没有生还的希望了。我们离开这儿吧。"

孔澄垂下眼帘，就让一切画上句号吧。

孔澄不知自己的决定是对是错，但是，当她抬起眼睛时，巫马背向她们，那逆光的背影，像控诉般沉默着。

苏格兰　爱丁堡

巫马和孔澄从皇家哩路上的旅行社走出来，两人沉默地在路上走着。

孔澄把双手插进皮衣口袋里，苏格兰的天气，好像一天比一天阴冷，一天比一天烟雨迷蒙。

"巫马，我昨晚梦见了嘉芙莲夫人。"

"嗯？"

"她站在 Cawdor House 城堡的大厅里，摇着祖母绿色的织锦扇子，用那双美丽的眼瞳注视着我。"

"就是那样？"

巫马甩了甩手上的香烟包，掏出香烟叼在嘴里。

一阵阴冷的风吹过，巫马手上打火机的火摇曳又熄灭，无论如何也无法点燃香烟。

"好像又有幽灵在作弄我们了。"

巫马耸耸肩，就那样叼着没有点燃的香烟继续往前走。

孔澄蹙蹙眉说："她什么也没说，只是一直以那忧愁的神情注视着我。"

巫马看着街道的尽头。

"已经订好机票了。决定了的事情，就不要后悔。"

"我们不应该就此离去吗？"

"这是你开始的事情，要怎样结束，由你决定。"巫马淡淡地说。

城市上空的乌云聚拢，正午时分，街头却像夕暮般昏暗。

"啊，又要下雨了。"

孔澄话音未落，第一滴雨已打落头上。

骤雨来得突然又狂暴，两人还来不及跑到商店街的屋檐下，已被掺着城市灰尘的雨滴打得浑身湿透。

"等雨停了再走吧。"

巫马停下脚步，走进街上一间酒吧。

深木色陈设的传统英式酒吧内，中午已聚满了捧着啤酒的游客，室内充满烟草与烤薯条的气味。

巫马与孔澄走到吧台前，像大学生模样的年轻酒保露出爽朗的笑容。

"喝什么？"

"大号啤酒。孔澄，你喝什么？"

巫马转过脸看向孔澄。

"欸，雨这么快就停了嘛。"

孔澄讶异地看向彩色玻璃格子窗外。

刚才还凶巴巴地追着他们的雨云，好像幻象般消失了。

"天气真是阴晴不定得可怕哦。"孔澄嘀咕着回过头来。

酒保一脸期待的表情看着他们。

孔澄抬头搜寻着挂在酒吧墙上的饮品餐牌。

孔澄每次都是那样，明明最后还是点选啤酒的，却慢悠悠地左看右看。

"要小号啤酒吧？"巫马有点没好气地问。

孔澄没有回答。

"孔小澄。"

孔澄双眼发直地瞪着吧台后的墙壁。

"巫马。"孔澄双颊因激动而涨红了，像猴子般伸长手臂，直直指着吧台后的墙壁上方。

吧台后的墙壁上方，挂着一幅长约一百二十厘米、宽约九十厘米的灯箱照片。

灯箱已有点蒙尘，略微褪色的照片在角落部分微微卷曲。

照片中是一间略显幽暗的房间，房间中央放着铺上深蓝色床罩的双人床，窗边悬垂下白色落地窗帘，还有一列占据了整面墙壁的偌大书柜。

深棕色的桃木书柜里，整齐地排放着红色、蓝色、绿色的厚重皮装书，看起来很像是古典文学名著的藏书。

"两位想租房吗？"年轻酒保循着两人的视线，看了看身后的照片，回过头来问。

"租房？"孔澄讶异地张开嘴。

"那是这里最受欢迎的房间，Robert Burns①客室。另外，Charles Rennie Mackintosh②的客室也很受欢迎。"

年轻酒保向巫马递上一份简章。

"照片里的是酒店房间？"巫马问。

"嗯。"酒保眼睛上挑，用手指指天花板方向，"你们没看见外边的广告牌吗？这里一楼是 Logie Baird③酒吧，二、三楼是由旧银行大楼改建而成的酒店。我们有十间客房，装潢都是以纪念苏格兰地区名人为主题设计的。"

酒保指指身后墙壁上的照片。

① 罗伯特·彭斯，苏格兰诗人。
② 查尔斯·麦金托什，苏格兰艺术家。
③ 罗金·贝尔德，苏格兰工程师。

"那间就是以诗人 Robert Burns 为主题设计的客房。"

"客房现在有租出吗？"孔澄急急地问。

酒保摇头说："没有呀。有兴趣的话，可以带你们上去参观，看过喜欢才租。租住三天以上的话，房租可以算便宜一点。"

"我们想立刻看看 Robert Burns 的房间可以吗？"孔澄着急地问。

酒保耸耸肩说："可以呀。你们真幸运，先前的房客刚刚退房了。和你们一样，是中国人哪。"

"什么？你说什么？"孔澄一脸吃惊。

刚想转身去收银机旁边拿钥匙的酒保回过身来。

"我说先前的住客刚刚退房啦。"

"你说是中国人？男人？"

酒保点头。

"住了多少天？"

酒保搔搔头。"大概一个星期吧。"

这是怎么回事？

"那个中国男人，走了多久？"巫马沉着地问。

"欸？十分钟左右吧。"

"他是不是约一百八十厘米高，单眼皮，皮肤白白，笑起来有个笑窝的？"

酒保点头说："是哦。他是你们的朋友？"

孔澄双眼睁得大大的。

怎么回事？那个藏书阁，原来是酒店房间。

在天涯海角消失了，在幽灵世界躲起来了的韩英树，怎么会出现在爱丁堡皇家哩路上的酒店客房？

"他是坐出租车还是走路离开的？"巫马问。

"啊，拉着行李箱走路离开的。我问过他要不要电召出租车，他说不用。"

"十分钟，拉着行李箱，应该走不远吧？"巫马自言自语般说着。

孔澄的思绪一片混乱。

年轻酒保还是一脸爽朗的表情，问："找人吗？如果是步行十分钟距离的话，登上这条街尾的观望塔，用奇幻镜头（Camera Obscura）应该可以找到吧。"

"奇幻镜头？"孔澄扬起眉毛。

酒保狡黠地眨眨眼睛。

"你们可是在爱丁堡啊。我们拥有侦探游戏最厉害的工具。虽然是十九世纪的发明，但宝刀未老。"年轻酒保一脸自豪，"观望塔顶楼装置有全球最大型的三棱镜建筑，将爱丁堡的风景投影在桌子上。"酒保搔搔下巴，"听起来是有点难以置信，实际看见你们就会明白啦。"

巫马和孔澄沿着皇家哩路，朝爱丁堡城的方向一直跑，不消五分钟，已来到观望塔前。

观望塔是一幢外貌有点平凡的砂岩色三层楼房，但从街道看上去，可看见天台上高耸起一幢圆拱形白色建筑。

"这整座圆拱形建筑是个镜头？"

孔澄露出不可思议的表情。

"来吧。"

巫马在入口处买了入场券，领先爬上楼梯，直奔顶楼。

不少游客正站在天台上，瞭望着爱丁堡市三百六十度的城市风貌，但极目望去，只看见楼房屋顶和河流。

一个身材略胖，穿着红色毛衣的金发女人，正踏进白色圆拱形塔楼里，预备关上门。

"这里是'奇幻镜头'吗？"孔澄半蹲下腰，喘着气问。

从门缝看进去，里面好像黑漆漆的。

"解说要开始了，快点进来吧。"

女人扬扬手，侧身让巫马和孔澄通过后，关闭了塔楼的大门。

室内一片漆黑，房间中央有一个像巨大的铁锅般的圆桌，圆桌上方，从天花板垂下长长的黑色管子。

习惯了黑暗的光线后，才发现房间里站了十数个大人和小孩。

"欢迎莅临参观'奇幻镜头'，大家请过来桌子旁边站好。"

巫马和孔澄一脸莫名其妙地跟随众人围站在桌子前。

中年女人拍拍手，以开朗的语调说："好，侦探游戏要开始了。大家请聚精会神，好好留心看着圆桌上。"

巫马和孔澄也和众人一样，微弯下腰，注视着桌面。

红衣女人朝身后点了点头，另一个工作人员在墙上按下了开关。

霎时间，漆黑的房间里，悬空浮现出奇妙的城市风景。

"欢迎参加我们不可思议的'奇幻镜头'旅程。这是全球最大的三棱镜装置，现在呈现在你们眼前的，是整个爱丁堡的市街风景。很神奇吧？"

孔澄看着那宛如浮在半空中的市街，确是令人啧啧称奇。可是，街上的行人，不过像豆子般渺小。

红衣女人分给每个参观者一张 A5 纸大小的白色卡纸。

"最精彩的部分，现在才要开始。我们来当侦探，试试在人海中，'捞'起你要找的人吧。"女人边以哄小孩的口吻说着，边用手移动着天花板垂下的黑管子。

管口恍如一双发光的巨大鱼眼睛，慢慢聚焦在其中一条街道上，街道上的行人和汽车也清晰可见。

"抓谁好呢？"

女人笑着，示范把白色卡纸放在其中一头小狗身上。

随着女人慢慢在半空中提起卡纸，小狗果真像大海中的鱼儿般，被"捞捕"上来了。

小狗的身躯，悬浮在白卡纸上，轮廓愈来愈清晰，甚至可看见小狗脖子上的红色项圈。

"是不是很有趣？大家也可试着玩玩，在人海中捞起你想抓的人啊。"女人笑着说。

"我们在找一个朋友，可以试试吗？"孔澄张大好奇的眼睛，情急地问。

"啊，与朋友失散了？是真的侦探游戏吗？好，让我们试试看。"

红衣女人亲切地笑着。

"应该在 Logie Baird 酒吧附近。"孔澄说。

女人点点头，把管子移向皇家哩路，锁定了 Logie Baird 酒吧。

爱丁堡市街在地图上呈盾状徽章形，全市的街道整齐地呈十字形交错，简单清晰。

"我们在找一个拉着行李箱的中国人。"

"拉着行李箱，黑头发的中国人。"女人喃喃念着，操控管子游移向与皇家哩路纵横交接的道路。

"那里，那里。"一个小男孩指着与皇家哩路呈直角的北桥街嚷道。

是的，一个黑发男人正拉着行李箱，走在北桥街上，朝皇后街方向前进。

女人眯起眼睛，把管子移向男人的前方，转动着管子，聚焦男人的身影。

围着圆桌的小孩们一起兴奋地用白卡纸"捞"起男人的身影。

穿着灰色呢绒外套与深色裤的男人，被"囚困"在白卡纸上，悬浮在漆黑的房间中央。

"抓到他了。"一个小男孩雀跃地跺着脚嚷道。

"是他吗？"巫马问。

孔澄呆呆地点头。

在天涯海角消失了的韩英树，一直好端端地活着吗？

那他为什么要躲起来？

这到底是怎么回事？

巫马拍拍孔澄的肩头说："皇后街，到皇后街去。"

巫马和孔澄朝众人点头。

"谢谢，我们找到失散的朋友了。"

巫马和孔澄打开大门走出塔楼时，背后的小孩童一起拍手欢呼。

其中一个小女孩尖声笑嚷着："Gotcha! ①"

149

"赶得上他吗？"孔澄边喘着气，边紧随着巫马的步伐，吃力地跑着。

"一定赶得上啦。"巫马脸不红，气不喘，像长跑选手那样从容地跑着，"孔小澄，你跑快一点。"

"你追啦，不可以失掉他的踪影啊。"孔澄一边喘息着说，一边却莽莽撞撞地冲进了一个也在低头疾步走着的男人怀中。

因为冲击力过猛，孔澄四脚朝天地跌在人行道上。

"唉，孔小澄。"

巫马和男人一起搀扶起孔澄。

"巫马你追……"

孔澄与男人四目交投，两人都愣了愣。

---

① 抓到你了。

"是你。"两人异口同声地说。

眼前身形魁梧，褐色头发蓝眼睛的中年男人，是斯开岛警察分局的威廉警官。

"巫马，这位是斯开岛的警察先生，不过，你还是快……"

"正好，我正打算去酒店找尹小姐。你们订了今天的机票回香港吧？"威廉警官问。

"嗯。"孔澄讶异地点头。

"对不起，我想尹小姐暂时不能离开苏格兰。"

"嘎？"孔澄呆呆地眨着眼睛。

"为什么？"巫马问。

"我正要去请她协助调查。"威廉皱皱眉。

"协助调查？"孔澄吃惊地睁大眼睛。

威廉叹口气，有点烦恼地搔搔有点秃的头顶。

"这件事情实在令人头疼。不过，浪费警力也是罪行啊。"

"浪费警力？"孔澄如脑里塞满了草般，重复着威廉的话。

"唉。"威廉用硕大的手指揉着太阳穴，"真是无法明白，为什么要编那样奇怪的谎言？"

"你是说尹纯说谎？"孔澄怔怔地问。

"实在太奇怪了。明明没有发生意外，她为什么要虚报？"威廉眯起肥大脸庞上的蓝眼睛。

"可不可以请你说得详细一点？"巫马冷静地瞪着威廉的脸。

威廉有点尴尬地搓着手。

"意外的调查报告出现了意想不到的结论。"威廉一脸困惑，"警方虽然已结束了搜索行动，但意外需呈交调查报告，我们请了鉴证科专家到现场勘查，重建发生意外的状况。"

威廉顿了顿，抬眼直视着巫马和孔澄。

"根据科学鉴证，现场并没有发生过意外的痕迹。"

"科学鉴证？怎么鉴证？"孔澄一脸讶异。

"要详细解释会很复杂，但简单而言，就是检视悬崖上石堆和草丛上曾经出现过的活动痕迹，从而建构遭遇意外人士实际上是从哪一点失足滑落，计算和测量滑落后发生的状况，身体坠落的角度，在崖壁上会遭遇的撞击点，跌落石滩、坠入大海的状况等。总而言之，根据我们鉴证专家的分析报告，现场完全没有发生过意外的痕迹。"

151

"嘎？"孔澄无法置信地瞪着威廉，"怎么可能？"

"就是呀，那是不可能的。有意外发生过的话，就会留下发生过意外的物理证据。我想尹小姐可能不知道这一点吧？结论是，在天涯海角根本从没发生过有人坠落的意外。"

威廉的表情也不知是释然还是困恼。

"但是，尹纯没有理由说谎呀。"

"所以，我现在就是想请尹小姐回局里协助调查呀。她一直把我们警方耍得团团转的。"威廉的声音里努力压抑着恼意。

"你们要逮捕她吗？"孔澄彷徨失措。

威廉叹一口气，说："最好的方法当然是她自愿来局里自首。如果是一场无聊的恶作剧，她肯自首的话，检察官说不定不会落案检控她。当然，我也无法向你们保证什么。"

孔澄被这突如其来的消息完全打乱了阵脚。

在天涯海角根本从没发生过有人坠落的意外。

一切都是尹纯的谎言？怎么可能？她为什么要那样做？

"我还是不相信尹纯会说谎，但是，如果是真的话，她一定有她的原因。我们一定会劝说她来自首的。请你给我们一点时间。拜托……拜托你……"孔澄混乱地说。

威廉沉默了半晌。

"尹小姐犯的，并不是很严重的罪行。"威廉摊摊手叹口气，说，"我就给你们一个晚上吧。不过，如果她明天不来自首的话，我就不能再等待了。我们已通知出入境部门，未解决这件事情以前，尹小姐是无法出境的。"

"明白了。"巫马迎视着威廉灼灼的目光点头。

威廉警官再看了两人一眼。

"那我们明天在局里见吧。"

"这到底是怎么回事？"

看着威廉慢慢走远的背影，孔澄仍然杵在大街上。

"尹纯为什么要撒谎？韩英树如果从来没掉下天涯海角的话，他为什么要躲起来？如果天涯海角的意外一开始便是虚构的，那么幽灵城市的一切，又怎么解释？"

巫马一脸沉思的表情，沉默不语。

"巫马。"

巫马却像完全听不见孔澄的叫唤似的，眼神看着虚空中的一点。

"巫马。"

巫马骤然回过神来。

"给我一点时间。"巫马沉吟着说。

"嗯？"

"现在即使我说出来，你也不会相信的。给我一点时间去找出证据。如果我的推测是正确的话，一切在今晚便会水落石出。"

巫马迈开长腿。

"你去哪儿呀？"孔澄焦急地嚷。

孔澄这才想起，他们跟丢了韩英树。

"韩英树，我们跟丢了韩英树啦。"

巫马摇摇头说："韩英树的行踪，已经不重要了。"

"嘎？"

"今晚你便会明白一切。虽然，我也不希望真相是我所想的那样。"

巫马叹口气。

那一瞬，孔澄在巫马脸上看见似曾相识的表情。

那是 Geillis Duncan 女巫、衣莎贝老太、嘉芙莲夫人和加油站男人脸上曾流过的悲伤表情。

孔澄清澈的瞳眸里，映照着巫马忧郁的眼神。

153

Chapter 8　黑夜中的复活

"为什么又更改行程呢？"

尹纯睡在靠近门边的床上，辗转反侧无法入眠。

"巫马说有点事情要办，要再耽搁一天。"

两张并排的单人床中间，亮着散发出微弱光线的床头灯。

孔澄一向怕黑，在外地住宿酒店时，一定会亮着床头灯入睡。

然而，今晚还是一直无法成眠。

酒店房间沉滞的空气，让她觉得胸口窒闷。

巫马嘱咐孔澄扮作若无其事地面对尹纯，令她感到痛苦不已。

她想开口质问她，为什么要撒谎？韩英树为什么要躲起来？

同时间，她也想相信尹纯。

从大学开始，美丽又聪慧的尹纯便是她的偶像。无论做出什么事情，尹纯一定有她的理由。

巫马到底想到了什么她没想通的事情？

信息。巫马说，要张开眼睛和耳朵，摘取身边的一切信息。

她到底忽略了什么？

枕边的床头灯突然熄灭了。

房间骤然陷入伸手不见五指的漆黑中。

孔澄从棉被中伸出手来，拉了拉床头灯的拉环。

"好像停电了啊。"孔澄呢喃。

"外面走廊也好像没了灯光。"尹纯细声说。

的确，连从门缝底透进房间里的一丝灯光也消失了。

敲门声响起。

孔澄有点神经质地从床上坐起来。

她知道巫马这天晚上在计划着什么，却不清楚内里乾坤。

"这么晚了，会是谁啊？"尹纯说。

"是巫马吧？"

虽然心想多半是巫马，但孔澄心里还是有点发毛。

在伸手不见五指的房间里传来的敲门声。

孔澄和尹纯一起蹑手蹑脚地下床。

尹纯在床头柜拿起眼镜戴上。

孔澄看了看那副眼镜，蹙了蹙眉。

两人来到房门前。

孔澄踮起脚跟看看防盗窗孔。

走廊黑漆漆的，什么也看不见。

"巫马？是巫马吗？"孔澄轻声问。

外头没有回应。

"好像没有人啊。"孔澄狐疑地说。

两个女孩互看一眼，手牵着手。

"一、二、三。"尹纯数着，一把拉开门。

外面并没有人。

孔澄和尹纯的右眼角同时捕捉到一点微弱的光线。

两人反射性地把脸转向右边。

孔澄怔住了。尹纯僵凝不动。

孔澄可以感到尹纯手心的热度倏地消失，那冰凉的手在颤抖。

时间仿佛静止了。

尹纯歇斯底里地尖叫起来。

绝望凄厉的呼叫声，在寂静的走廊中，发出空洞的悲鸣。

尹纯失去意识，软软地倒了下去。

"尹纯。"

孔澄拥抱着失去意识的尹纯，莫名其妙地看向把尹纯吓得昏倒的景象。

在走廊尽头，有一点烛光，照向并排的两张男人巨幅彩色照片。

照片中的男人很脸熟。

孔澄蓦然想起来，那是在幽灵城市里，好心为他们解困，开车载他们往天涯海角的男人。

加油站的幽灵男人。

孔澄莫名其妙地瞪视着两张幽灵男人的巨幅照片。

烛光慢慢向孔澄移近，从照片后，露出巫马的脸。

"巫马，"孔澄低呼，"这到底……"

"是尹纯的眼镜。我不是请你替我换了她的眼镜？"

孔澄点头。

把看来跟尹纯眼镜款式一模一样的无框眼镜交给孔澄时，巫马说："今晚上床后，请你把这个与尹纯的眼镜换掉。"

于是，孔澄在尹纯拉好棉被背向着她时，把眼镜掉包了。

"那眼镜是？"

"是用玻璃凸透镜制成的立体镜，左右眼同时用立体镜看两张平面照片的时候，两张平面照片，便会浮出变成立体影像。如果在摇晃的烛光中看，立体影像便会更真实。"

"这不是加油站的幽灵男人吗？"孔澄还是一脸迷惘，"但尹纯倒下去时，嘴里念着'英树'。"

孔澄蓦然抬起眼睛，以难以置信的表情注视着巫马。

"难道……"

巫马静静地点头。

"这个男人，才是真正的韩英树。"巫马指指手上的照片说。

"你是什么时候发现的？"

尹纯抱膝坐在房间的沙发上，脸色苍白地看向巫马。

"这样说可能自负了点，但是我对自己的感应能力有绝对的信心。韩英树还活着，他在某个像藏书阁的地方，对我来说，那是毋庸置疑的。但当幽灵们不断介入这事件，而且向我们确认韩英树在幽灵城市里，让我感到愈来愈纳闷。"

巫马抱着胳臂倚在墙上。

"Geillis Duncan 女巫和衣莎贝老太，都先后说过答应了'那个人'保守埋藏在天涯海角的秘密。那个神秘人的身份，也令我困惑不已。加油站幽灵男人车上挂着的欧石南花束，是让我怀疑他是韩英树的契机。"

巫马看了看孔澄。

"孔澄，在那个绵羊山上的时候，你说了吧？'从羊的眼睛看过来，我们每个人想必也是同一副脸孔吧？但事实却不然'。然后，在医院里，我们在争论韩英树为什么不愿回到我们的世界时，你说了：'你又不认识韩英树。'那时候，我原本想反驳你，你又真正认识他吗？但那一刻，我忽然想到了，你说过，在香港的时候，在尹纯的家里并没有见到韩英树。第一次跟韩英树见面，就是在这一切离奇事件发生之前，在爱丁堡的幽灵餐厅里。如果我和你素未谋面，当时尹纯介绍我是韩英树，而她又依偎在我身边，你一定会深信不疑吧？说真的，我的名字是巫马聪这件事情，你又如何能肯定呢？直到今天，确定了'韩英树'一直住在那旅馆时，我就确定他不是真正的'韩英树'了。"

尹纯露出凄惨的微笑。

"我对自己的推理创作能力，也是蛮有自信的。想不到还是败给你了。但是，你怎么找到英树的照片？"

"今天下午，我请了香港某警署的朋友帮忙。韩英树是出版社的社长，接受过不少杂志访问，要找到他的相片并不难，利用邮件传送过来，我再拿去冲洗放大就是了。"

"那我所见到的'韩英树'，那个一直躲在旅馆的人，到底是谁？"孔澄愣愣地问。

"他是萧善之。孔澄，你忘记了吗？就是那个疯狂地倾慕我的旧邻居。"

"我不明白啊。"孔澄咬着唇，"他为什么要假冒韩英树？"

尹纯抬起眼睛，静静地看着孔澄。

"因为英树已经死了。"

两星期前　香港

目送孔澄和康怀华踏进电梯里，尹纯关上新居的大门，倚在门扉上，怔怔地发呆。

英树的妻子说：

"你给我传句话。告诉英树我怀了两个月身孕。小孩明年春天就会出生了。"

英树和太太的小孩。

"我跟太太已经没有感情，离婚只是迟早的事。"两人交往这一年间，英树一直这样跟她说。

怀孕两个月了。

在拥抱她的时候，让妻子怀孕的男人。

爱上有妇之夫，原本就是自己不对。

这是上天给她的惩罚吧？

等待了二十六年的人生，爱上的男人，已经有了太太。上天不是一直都在戏弄她吗？

不要像个任性的女孩般向英树发飙。她绝不想失去他。如果自己失去控制的话，只会让英树讨厌她罢了。尹纯不断地在心里跟自己说。

还是他已开始厌倦她了？他想回到太太身边？所以，才会拥抱她？

不要胡思乱想。

尹纯把满桌的菜肴仔细地用保鲜膜包好。

餐桌上全都是英树喜欢的菜。

他回来以后，只要重新热一热就可以。

不要哭。要装作若无其事，要平心静气。

尹纯重新回到沙发上，抱着靠垫，静静看着墙上的时钟爬过一分一秒。

大门的钥匙孔转动了。

尹纯像被针扎着般跳起来。

"嗨。"韩英树把脸探进屋里，像平常般以温柔的表情朝尹纯微笑。

一起一年了，每次看见英树的脸，还是会教尹纯心头一紧。

英树有一张予人充满倦怠感的脸。

脸形瘦削，脸色略显苍白，总像挂着一副疲惫的表情。

但是，每次当他把深邃的视线投向尹纯时，眼角的鱼尾纹会微微皱起，然后，眼底流过一抹让她心头抽紧的温柔。

从在出版社初次见面时，尹纯就被那像婴孩索求着母亲安抚的清澈眼光逮住了。

英树明明比她年长超过十年，但不知怎地，这男人总牵起她母性的柔情。

想让他的脸埋在自己胸前，抚平那脸上挥不掉的寂寥与落寞。

所谓命运的邂逅，就是那么一回事吧？

"怎么了？怎么呆呆地瞪着我看？"

英树踏进屋里，在玄关处弯下腰，换上拖鞋。

室内原先平静的空气被震动了。

英树每次踏进这屋子里的时候也是一样，卷进一室波涛，摇撼着尹纯平静的世界。

尹纯好喜欢听他甩着拖鞋在木地板上走动的声音。

像小鸟柔和的拍翼声，在室内每一个角落抖落生气。

"好想你。"

英树用两手轻轻碰了碰尹纯双肩，在她额上吻了一下。

只要那样，尹纯便感到自己一颗心完全被融化了。

无须激情拥抱，只要柔柔轻吻，就已让她心荡神驰。

"欸？你的大学同学不是来开派对吗？"英树解开银灰色衬衫脖子上的纽扣，忽然想起似的问。

"她们回去了。"尹纯淡淡地说。

"那么早？我还想见见她们呢。一定是像尹纯般可爱的小女生吧。"

英树笑起来，走向餐桌，拉开椅子坐下，看着满桌佳肴。

"好像很好吃的样子。"

尹纯站起来走向餐桌。

"我把菜热一热。"

尹纯刚想拿起碟子，英树拉着她的手。

"不用忙啦，菜还热呀。"

英树掀开碟上盖着的保鲜膜。

"陪我吃一点？"

"我吃过了。"

尹纯推推眼镜，心情复杂地在英树身旁坐下。

英树实际已和她过着同居生活，但是，两人一星期只有一两天一起吃午饭。

英树在出版社的工作很忙，每晚十点多才结束工作回来。

在这天以前，尹纯从来没怀疑过他。

然而，这一刻，尹纯在脑里开始想象英树每天的行踪。

或许，他每天傍晚都回妻子的家？除了妻子和肚里的小孩以外，英树还有一个八岁的女儿。

"一起喝点啤酒吧。"

英树站起来，走到厨房打开冰箱。

英树喜欢在晚饭的时候喝杯啤酒。

"今晚想喝威士忌。"尹纯说。

英树有点讶异地挑起了眼角，看了看沉默不语的尹纯，在冰箱顶上翻出两个威士忌杯，打开制冰盒，在杯中放进冰块。

"发生了什么事？"

英树两手拿着盛着冰块的威士忌杯走出来。

握着威士忌杯的手指纤秀修长。

脚上的拖鞋发出幸福小鸟拍翼的声音。

尹纯站起来，在酒柜里拿出瓶装威士忌。

"没有呀，只是想喝一杯。"

尹纯垂着眼帘，习惯性地推了推眼镜。

两人重新坐在餐桌前。尹纯在杯中倒进两指分的威士忌。

"发生了什么事，是吗？"

英树没有拿起筷子夹桌上的菜，啜饮了一口威士忌，率直地探看着尹纯的脸。

"没有呀。"

尹纯心乱如麻地转动着桌上的酒杯，眼光看着琥珀色的液体，逃避英树的视线。

"小女生们吵架了？"英树问。

微微眯起的眼角，线条好柔和。

你也以同样柔和的眼神看着妻子，拥抱着妻子吗？

"春天……"

明明不打算提起的。

一旦提出来，便堕入英树妻子所设的圈套了。

坚强理智的尹纯，明明深知这个道理，但说出这话的，是软弱无助，无法失去眼前这个男人的她。

"春天怎么了？"英树像是没有特别放在心上。

"你的小孩，在春天要出生了。"声调平稳平静得连尹纯自己也吃了一惊。

"嗯？"英树好像还没意会过来。

"你太太今天来找过我。"

尹纯垂下眼帘看着酒杯边缘，像做错事的是自己般低着头。

英树像被咒语点成了石像般，一动不动。

白色的房间像瞬间被冻结了。

165

令人窒息的白色箱子里，一切僵凝不动。

沉默。

英树一直沉默着。

或许时间只是向前推移了数分钟，但那沉默，慢慢侵蚀着尹纯的心，侵蚀着她的五脏六腑，掏空了她的一切。

"对不起。"

英树低沉的声音在尹纯耳畔响起。

对不起。

"对不起是什么意思？"尹纯静静地说。

尹纯对自己的平静感到不可思议。像自己只是一个旁观者，站立在窗外，看着白色箱子内的二人在念着戏剧对白。

"我没有想过……"

英树脸上流过茫然的表情。

"没有想过拥抱妻子的话，她就会怀孕？"

尹纯仍是一脸平静，嘴角甚至泛起微笑。像小兔般，温婉的微笑。

自己到底是怎么了？

"我、我们……真的……就只有那一次。只有一次……"英树语尾微颤。

英树用那修长的手指拨着垂在眼前的头发。

"有一次，小丽发高热，我回去看她。我跟你说过吧？"

尹纯点头。

小丽是英树在念小学三年级的女儿。

"小丽熟睡了以后，我想难得回家了，正是跟阿梓说清楚的机会。"

英树定定地凝视着地板上的某一点。

尹纯循着他的视线看去。

浅木色地板上，有一滴像酱油般的污渍。

一定是刚才端菜出来的时候溅到的，应该拿布好好抹一抹。

尹纯惊讶自己在这样的一刻，竟会事务性地想着那样的事情。

"然后，阿梓哭了。她是个坚强的女人。结婚十二年，我从没见过她哭。"

英树用两手揉着太阳穴。

167

"然后，你便拥抱她，安慰她了？"

尹纯还是一脸平静。

那时候，到底为什么会那样做呢？韩英树迷惘地回想。

明明深爱着尹纯。明明决定抛弃家庭跟她一起。明明只想跟妻子说分手。

但是，那一刻，在微暗的房间里，看着妻子颤动的肩膀，愤怒与寂寥交织的背影，像悲鸣般的哭声，韩英树看见了昔日。

昔日美好的邂逅，激情的相拥，在教堂中以温柔的眼光互相注视，许下婚姻的盟誓。

曾经，在被时间与习惯磨平了爱的感觉之前，在苦闷窒息的相处中说出伤害彼此的说话之前，曾经，他们相信过会携手共度一生。

韩英树走上前，拥抱着妻子。

那令他事后回想起来懊悔不已的一夜，无法逆转。

他那夜拥抱的，是昔日的爱人，昔日的自己。

只是一夜而已。

那以后，妻子虽然以控诉的目光注视着他，但还是默默地在分居协议书上签上名字。

小孩。

小孩要在春天出生了。尹纯说。

"对不起。"英树觉得无法驳斥什么。

他爱尹纯。因为遇见她，他早已淡泊的心重新苏醒了。

他不会离开她。因为他根本无法忍受失去她。

但是，那一夜，他确是拥抱了妻子。

英树比尹纯更了解她自己。

她是在心里容不下一丝污垢的人。

韩英树明白，他已经失去她了。

在这一刻，当两人对坐在温馨的餐桌前，平静地凝视着彼此的时候，她已渐行渐远，他已永远失去了她。

韩英树抬起漆黑的眼眸，以绝望的神情看向尹纯。

尹纯站起来，缓慢地推开椅子，一步一步退后，离开餐桌，远离英树身旁。

这愚蠢的男人！他为什么要承认？为什么要说对不起？为什么不厚着脸皮否认？只要他否认就好。只要他大声地说"胡说八道"就好。只要他肯说，她就会相信。

因为她需要相信。

英树，你为什么要这么诚实？

尹纯的泪慢慢滚出眼眶。

韩英树的脸孔，在她眼前化为模糊的一片。

为什么？为什么要这么残忍地坦白？

韩英树看着尹纯挂满泪的脸，他着慌了，她已渐行渐远，他会看着她离开他的人生，而他什么也无法做。

他绝不要失去她，绝不能失去她。

韩英树扑向前，有点粗暴地一把将尹纯拥入怀里。

"我不要结束，绝不要结束。"韩英树像小孩般哀求着。

尹纯摇头，在英树怀中挣扎着，不断摇头。

喉头哽着的呜咽，让她无法发出声音，尹纯只是不断地扭动着脖子摇头。

英树，你为什么这么愚蠢？为什么要承认？

"我不要离开你，永远不要。"

韩英树更用力拥紧她。

"不要啊。"

尹纯用尽全身的气力把他推开。

她一定要推开他，她一定要远离他，因为，她的心，在感受到他体温的瞬间，便开始融化了。

她只想推开那个快将失去理智与平静，盲目地投入他怀抱里的自己。

韩英树踉跄后跌，身体失去重心，双膝弯屈，头撞到餐桌上。

169

尹纯在泪水模糊的视线中，看见英树跌倒了。

为什么他那样奇怪地躺着？

为什么他不站起来？

为什么？

尹纯用手背擦着眼里不断涌出的泪水。

英树的身影，慢慢映入眼帘中。

他以奇怪的姿势，半坐半躺地靠在餐桌前。

"英树。"尹纯小声地喊，"英树！"尹纯扑向英树身畔。

韩英树睁着眼眸，直直地瞪视着她。

那脸上，凝结着茫然不解的空虚表情。

"英树！"尹纯呆呆地呼喊着。

但脖骨折断的韩英树，在头部撞击上台角，身体跌落地上的瞬间，已经死亡了。

尹纯的下巴抵在膝盖上，把身体埋在沙发深处。

她没有看向巫马，也没有看向孔澄，只是像在自言自语。

"如果时光可以倒流，如果可以回到那一晚，我真心希望，死去的是我，不是他。要是死去的是我就好了，我不断不断那样想。我从没想过要伤害他。我怎会舍得伤害他？"

尹纯颤抖着肩膀静静啜泣着。

"可是，当我茫茫然地抱着他冰冷的身体时，我知道自己没有自首的勇气，我不能想象一直被关在黑暗的牢狱中。我也没有自杀的勇气。我不知道要怎么办才好？所以，当萧善之出现在我面前时，他就像是我的救星。"

尹纯坐在地上，呆呆地抱着英树的身体。

她不知道自己坐了多久。英树的身体已经变冷变硬了。那已经变得不像是英树的身体。英树的身体，是温热、柔软又富有弹性的。自己的身体，也已经变得不像是自己的身体，只像个失去了心魂的人偶。

尹纯，在把英树推落时，已经和他一起死掉了。

像从很遥远的地方，传来奇异的声音。

那奇异的声音，尖锐地敲打着尹纯的神经。

不要吵。请不要吵了吧。

尹纯抬起脸来，搜寻着声音的来源。

意识穿越长长的隧道，回到现实世界。

现实。自己抱着英树僵冷的尸体。

现实。门铃在响。

警察来了。

尹纯轻轻放下英树，慢慢站起来，像在梦游状态般，走向门口，拉开大门。

门外的人没有穿警察制服。

门外的人脸孔有点眼熟。

门外的人一把捉着了尹纯的手臂，把她推回室内，大力关上门。

"尹纯。尹纯。"男人大力摇动着尹纯的身体。

好痛，手臂好痛。

尹纯皱起眉，低哼了一声。

"尹纯，是我，萧善之。你认得我，你记得我是谁，是吗？"

尹纯茫然地抬起脸，看着在她眼前摇晃着的脸。

萧善之。

笑容羞涩亲切的男人。

在公园里，从后抱着她，说"好喜欢你"的男人。

一直纠缠着她的旧邻居。

"那男人是变态啊，当然要报警。"英树曾经说。

"我觉得他不是坏人，是有点害羞又孤僻吧。我和他坐下来喝过咖啡，已经好好跟他说明了。我想他会明白的。"

"尹纯你这个人就是太天真了。放着不管的话，那男人不知会不会有一天做出伤害你的事情。"英树说。

"伤害我？"尹纯一脸不以为然。

"那男人很明显不是活在现实中的。很可能是沉迷电子游戏或漫画那类奇怪的男人吧？多半是个幻想狂，把你幻想成他的女神。这样的男人看似羞怯文静，才最危险。他对这个世界是没有现实感的。你就是他的一切。他一定把他自己和你，放进像电子游戏的模拟世界中。那样的男人，迟早有一天会伤害自己或是你。"

"你不要危言耸听啦。"

尹纯眨着眼睛，茫然地看着眼前不断摇动她肩膀的男人。

萧善之。

这男人怎么站在她家里？

她搬家，就是为了避开他。

怎么他会在此时此地出现？

"这下事情大条了。"萧善之走近韩英树，用脚踢了踢他的尸体。

尹纯冲过去拥着英树的身体。

"你干什么？"

尹纯感到自己恍如潜进了水底世界，眼前发生的一切，像飘飘荡荡般不真实。

自己的声音听起来很奇怪很遥远，这男人的声音听起来也是。

"这下事情大条了。"男人不断在客厅中来回踱着步，自言自语般喃喃念着。

男人一个箭步冲到尹纯身边。

"你不用害怕，我会保护你，我会保护你的。"

尹纯无法明白这男人为什么在她家里，为什么在跟她说话。

男人四下张望着，冲进厨房里，像在找寻什么东西。

"大型垃圾袋，大型垃圾袋放在哪儿？"

厨房响起抽屉杂乱的开关声。

男人拿着大型垃圾袋回来。

这男人到底在她家里干什么？

男人不由分说地一把拉着她，把她按在沙发上坐下。尹纯还是处于不懂得反抗的迷糊状态，像个人偶般愣愣地。

173

男人回到餐桌旁，蹲下来，不断移动着身体。

"你在做什么？"尹纯怔怔地问。

是的，到底这个男人在这儿做什么？

自己又在做什么？

男人好像将什么塞进了大型垃圾袋中。

到底发生了什么事情？

"你听着，你待在这里，不要动。不要做任何事，不要想任何事，待在这里，等我回来。"男人又冲到她面前，像哄小孩般，一个一个字缓慢地说。

不要动。不要想。

那很好。尹纯正感到很疲倦。如果可以关闭一切意识，如果可以什么也不想，那实在太幸福了。

男人拖着好像很沉重的垃圾，打开大门出去了。

尹纯眨着眼睛，茫然地看着大门关掉，男人消失的背影。

处于震惊状态的尹纯，像娃娃般乖乖地坐在沙发上，心理自我保护意识替她关闭了视觉、听觉和思想。

她安稳地，像布造娃娃般，坐在白色的箱子里。

门铃响起来。

尹纯从呆愣的状态中被惊醒。

啊，自己怎么会在这儿？

尹纯看了看餐桌上丰盛的菜肴。

呀，对了，我在等英树回家。

尹纯从沙发上跳起来，脸上漾起笑容，拉开大门。

"英树。"尹纯脸上的笑容凝结了。

门外站着萧善之。

法庭已颁布了禁制令，不准接近她的男人。

尹纯惊讶地张开嘴。

"尹纯，你什么都没有做吧？"

男人用双手扶着她的肩头，把她推回室内。

这样的情景，怎么好像似曾相识？

"我都处理好了。用石头绑着垃圾袋，沉进大海里去了。"

男人身上有很重的汗味，脸色很难看。那总带着羞涩表情偷偷注视她的男人，此刻铁青着脸，搀扶着她的肩膀。

用石头把垃圾袋沉进海里？为什么？为什么要干那么麻烦的事？

这个男人到底为什么闯进她家里？

"对不起，我男朋友很快会回来了，你快点离开吧，不然他一定会嚷着报警的。"尹纯露出一脸为难的表情。

对哦，她并不害怕这个男人，也不觉得他是坏人。但是，英树好像很讨厌他。

被英树看见他就糟了。

男人以惊骇莫名的表情，探视着她的脸。

"尹纯，你不记得了吗？"男人莫名其妙地问。

"不记得？"尹纯微微偏起头。

"你男朋友的事情。"

"英树？"

"我搬进了你对面的房子。"男人伸手指指窗外，"我全都看见了。"

看见了？

看见了什么？

"尸体我已经处理掉了。没有尸体，案件就不成立。接下来，好好想想还有什么证据要消抹掉？"

尸体？

这个男人到底在说什么？

"对不起……"

"尹纯，你杀死了你男朋友，你不是忘记了吧？"

男人惊呆地张大嘴，瞪视着尹纯。

"就在这儿。"

男人一把拥着尹纯。尹纯反射性地想挣脱他的怀抱。

"就是这样，你推开他，他跌在这边，然后便一动也不动了。"

男人示范着被尹纯的手甩开，身体后跌，然后，缓缓跌落地上。

那影像，在尹纯的眼前，电光石火地重叠上另一幕影像。

英树拥抱着她，英树后跌，英树一动不动地靠在桌脚上。

那重演的影像，刺激着尹纯的脑神经，如插入钥匙般，打开了她进入震惊状态前回忆的开关。

脑里积满水的混沌状态，如被人猛然拉开塞子，水哗啦哗啦地被吸没掉。

昨夜的一切，如回卷菲林般，卷回尹纯的眼前。

尹纯睁着惊怖的眼瞳，茫然张开嘴，戛然回过头去。

英树不见了。

英树躺着的桌脚边，空空如也。

那是一场噩梦吗？

尹纯已经完全弄不清了。

尹纯蹲下来，痛苦地抱着头。

"英树，我杀死了英树。"

尹纯茫然地看着空荡荡的桌脚边。

男人也蹲下来，面向着尹纯注视着她。

177

"已经无法挽回了。我会保护你，一切会没事的。"

英树死了。

英树死了。

凝视着空荡荡的地板，尹纯觉得一切都丧失了真实感。

一切都好像是一场戏。

布幔落下后，一切又会恢复正常。

"问题是，你男朋友今天要上班的吧？如果他没有出现，突然失踪了的话，警方还是会开始找他，到最后，一定会发现最后见过他的人是你。该怎么办呢？怎么办才好？"

"法兰克福。"尹纯喃喃念着。

"嗯？"

"我和英树，今天应该搭飞机去法兰克福。"

萧善之像突然看见了曙光般双眼发亮。

"你们预定去多少天？"

"五天。"尹纯机械性地回答。

"五天，还有五天时间。"

萧善之咬着唇。

"把他的失踪伪装成意外吧。"萧善之嚷，"我在推理漫画中看过，把谋杀伪装成意外，伪装成你男朋友在法兰克福遇上意外失踪了。"

"那样的话，需要人证。"作为推理小说迷的尹纯，反射性地回答，"至少有人要在法兰克福见过英树，才能勉强成立。"

尹纯并没有刻意去想，只是，一直在翻译着推理小说的她，脑海里推理构思的开关，好像被自动打开了。

尹纯喃喃地念着："苏格兰……"

那一刻，尹纯脑海里流过的想法是，如果英树真的是意外失踪了，那多么好。

自己并没有杀死自己心爱的男人。

自己并没有冷血地把爱人推向死亡。

一切不过是意外。

尹纯脑海里浮现了逃避的想法。

对，自己并没有杀死英树，两人甜蜜地手牵着手，在天涯海角漫步。

是的，英树说过喜欢苏格兰，说过有一天，一定带她去天涯海角。

两人手牵着手，在天涯海角漫步。

然后，英树失足掉落了。

那是意外。

对，英树的死是意外。

她没有杀死他。她怎会亲手杀死自己最爱的人？

对了，英树是在天涯海角，为了拾一株欧石南送她而掉下天涯海角失踪了。

或许，他甚至没有死亡，只是潜进了一个美好的水世界中。

天涯海角的悬崖边缘，长着美丽的欧石南。

第一次知道尹纯的英文名字是 Heather 时，英树微笑告诉她："你是长在天涯海角悬崖边缘，清丽脱俗的小花。"

是的，英树只是消失了，在水中消失了。

他们只是被命运戏弄，在天涯海角，永远被分隔开的恋人。

到最后，他们都是对方唯一的恋人。

尹纯流露出幽幽的眼光。

"孔澄，你永远不会原谅我吧？"

孔澄沉默着。但在那一瞬，她已经原谅她了。

她想起了这星期发生的点点滴滴。

衣莎贝老太的慨叹：

"人世间的贪嗔怨痴，你到底经历过多少？无法回头的爱情，总会招致无法回头的结局。"

在爱丁堡的酒店房间里，尹纯痛哭失声：

"是我杀死他的。如果我不是和他吵架，如果我不是一直对他太太怀孕的事情耿耿于怀，如果不是我像个蠢女人般耍性子，一切便不会发生。"

在开车往尼斯湖的途上，尹纯曾经说：

"孔澄，你有没有想过，到底是从什么时候，由谁开始，让我们相信爱情是美好的？爱情是真、善、美。到底是谁开始了那样的谎言？然而，游目四顾，看看我们身边每一个人，谁又真正拥有过真、善、美的爱情？爱情是美丽的谎言。因为是谎言，所以美丽。"尹纯闭上眼睛，泪水从眼镜片后的眼眶滑下。

谎言里埋藏着真心，蒙蔽了孔澄的眼睛。

尹纯是设计谋害国王的 Lady Macbeth，却如同 Lady Macbeth 一样，凝视着自己染血的双手，永远背负着痛苦与折磨。

孔澄想起加油站的幽灵男人——真正的韩英树跟他们说的话。

"他从天涯海角失足掉落了，警方也认为没有生还的可能。韩英树认为这正好是结束一切的出路，希望就此在人们心目中消失。你们为什么不能谅解呢？"

"请告诉尹纯，无论过去和现在，韩英树都一样爱她，从来没有改变。"

韩英树没有恨过尹纯。

是他的优柔寡断，让尹纯走进了无法回头的死巷。

因为太爱他，她才无法自拔。

因为爱她，他才想把一切真相埋葬。

变成水中幽灵的他，甘愿成为错手夺去他生命的女人掩埋罪证的共犯。

尹纯没有流泪，她只是以虚空的眼神，静静地看着不知存在于哪儿的空间。

孔澄却静静地流下了泪。

在泪眼婆娑中，孔澄凝视着巫马的侧脸。

他们是两个世界的人。

如果存在于幽灵世界中，他们会处于对立的位置。

巫马会是嘉芙莲夫人的伙伴。她会伴随衣莎贝老太。

他不明白。他一点也不明白。她并不想揭开这样的真相。

大颗的泪滴滴落孔澄手背上。

181

孔澄茫然地看着那流过手背，透明的雨。

巫马把孔澄瞒到最后，不是因为他认为她不会相信他的说话吧？而是他知道，孔澄会阻止他揭开真相。

孔澄感到自己自从认识巫马以后，两人的心，从没有距离得那么遥远。

就像看似一直彼此注视着的二人，不过是注视着各自背后的空间。

孔澄感到自己好像在瞬间长大了。

巫马嬉皮笑脸、淡泊洒脱的外表背后，藏着一颗永远冰冷的心。

不会为任何感情而割舍他的理智。

就是因为那样，他才会失去姜望月吧？

与他青梅竹马的姜望月，比任何人都要了解他，所以，才会选择不再等待吧？

巫马的冷漠，深深刺痛着孔澄的心。

这是一个无论看起来怎样亲切，也永远不会为任何人敞开心扉，永远孤独的人。

她，永远无法走进他的心。

而他那颗装满强烈正义感的心，令她失去了最好的朋友。

孔澄知道自己偏心又自私，但她并不想要正义。

她喜欢尹纯。

孔澄看着尹纯柔美的侧脸。

尹纯像意识到孔澄的视线般，缓缓转过脸来。

尹纯如黑宝石般的眼眸静静注视着孔澄，脸上泛起了恬静的微笑。

最后的微笑。

Chapter 9 　天涯海角

孔澄一直只是闭上眼睛，没有入睡。

她知道尹纯轻手轻脚地起床了。

外面的天空还是黑漆漆的。

应该是凌晨三点或四点吧？

孔澄听着尹纯换上衣服。

明知自己应该起来阻止她，孔澄却只是一动不动。

孔澄可以感觉到尹纯轻手轻脚地来到她的床边，俯视着她的脸。

孔澄忍住想从棉被里伸出手来拉住她的冲动。

尹纯转过身去，笔直地走出了酒店房间。

孔澄从床上坐起来，呆呆地抱着膝。

如果是巫马的话，一定会把尹纯留住吧？

时间一分一秒地过去，孔澄看着窗外的天空由暗转明。

天空下着雾雨。

雾雨渐渐化成激昂的大雨。

孔澄忽然后悔了。

这真是最好的结局吗？

孔澄从床上跳起来，胡乱地抓起皮衣穿上，套上球鞋，冲出酒店房间。

在滂沱的雨水浸润中，一辆红色小车在苏格兰高地蜿蜒曲折的山路上爬行。

雨丝不断敲打着车窗玻璃，雨刷伴随激昂的雨声，猛烈左右摇摆，在玻璃上重重叠叠地画出弧形曲线。

道路前方云雾朦胧，孔澄手忙脚乱地操控着方向盘，应付一个紧接一个出现的陡弯。

道路上终于出现蓝底白字的 Kilt Rock（裙岩悬崖）方向指示牌。

孔澄打亮方向灯，把小车右转，驶进建在荒野中为游客而设的停车坪。

嘀嘀嗒嗒的提示音，宛如孔澄紊乱的心般跳跃鼓动着。

前方视线模糊不清，孔澄摁亮车头灯。

车头灯昏黄的光圈不断前进，照出停车坪尽头白色房车的轮廓。

孔澄心头一紧，把小车急急刹住。

孔澄踉跄地打开车门，跑至白色房车前。

车内空荡荡的。

孔澄抬起脸，在暴雨中，环视着这天涯海角的四周。

灰沉沉的天空。冰蓝色的大海。崎岖不平的泥土色巨岩。

混合着冰凉湿冷的空气而不断落下的透明雨丝。

在天涯海角的尽头，那个熟悉的身影映入眼帘。

找到了！孔澄朝那身影直奔而去。

身影一步一步移近悬崖边缘。

"不！不要！"孔澄的呼叫声，被吸进了狂啸的风声和雨声中。

在如瀑布般的水帘中，那模糊的身影，朝悬崖下的怒涛纵身而下。

一瞬间，时间仿佛静止了。

身影缓缓、缓缓地飘落。

"不！不要啊！"

孔澄奔跑至天涯海角的尽头，软瘫地跌跪在岩石上。

不！不要！孔澄不断在心里呐喊。

然而，一切已无法挽回。

眼底下，只有恍如延伸向永恒的冰蓝水世界。

那身影，永恒地，在水中消失了。

孔澄可以感觉到雨幕振动的频率改变了。

那缕熟悉的幽香悠悠飘至。

"你们的幽灵城市，会接纳她，让她和韩英树永远厮守在一起吗？"

孔澄缓缓转过身，面对着嘉芙莲夫人。

夫人美丽如昔，在雨中纤尘不染地摇动着手上祖母绿色的扇子。

"我们是水中的幽灵。苏格兰的河流湖泊中，聚集着无数受冤狱而死的幽灵，我们不相信世上的刑罚，只相信心的刑罚。"

"你是在等待着这样的结局，才引领我们进入幽灵城市的？"

"我没有期待怎样的结局。我只是相信，心债，必须偿还，无论是以什么形式。你的朋友，已获得解脱了。在你们的世界，她会痛苦一生。"

孔澄默默无言地看着嘉芙莲夫人。

嘉芙莲夫人轻轻地叹了一口气。

"你叫孔澄吧？小女孩，一切已经结束了。有一天，如果你爱上任何人的时候，回忆起我们今天的邂逅，好好记着，爱与痴是不同的。好好享受爱恋，永远不要陷入痴恋之中。这是我送给你的最后的礼物。"

夫人再摇了摇扇子。

"后会有期了。"

在苍茫的雨幕中，嘉芙莲夫人绿色的裙摆，没入背后的草浪之中，一点一滴地淡化消失。

孔澄茫茫然地看着那消失的背影。

孔澄不知自己呆站了多久，"呜呜"的低叫声，把她唤回现实世界。

孔澄转过身去，一头不知从哪儿钻出来的黑毛苏格兰梗犬，仰起小头颅，以乌溜溜的眼睛注视着她，不断摆动着尾巴。

就像传说中牧师的忠犬波比。

"小狗，你怎么会跑到这儿呀？"

孔澄讶异地蹲下来，抚摸着小狗湿漉漉的头颅。

小狗伸出前腿，撒娇地放在她膝上。

"欸？我不是你的主人啊。"

孔澄抬起头，四处搜寻着小狗主人的身影。

小狗转着圆滚滚的眼睛注视着她，在半空中提了提前腿，又重重地放回她膝上。

"小……"

孔澄心念一动，呆呆地看着小狗放在她膝上的小脚。

孔澄的眼眶濡湿了。

"你是尹纯的使者，是吗？来传话的使者？"

小狗再次把前腿在半空中摇了摇，顽固地，重重地放在她膝上。

孔澄一把抱起小狗，用自己的脸摩擦着它的脸。

"知道了，知道了。"孔澄又哭又笑起来，"那你要好好伴着尹纯和韩英树啊。小狗好乖啊。"

小狗像达成任务般，挣脱了孔澄的臂弯跳回地上，兴奋地摇着尾巴，圆眼睛骨碌骨碌地再看了孔澄一眼，便转过身去，大摇大摆地弹跳着向前飞奔，和嘉芙莲夫人一样，转瞬隐没在起伏的草浪中。

"尹纯，我也喜欢你。"

孔澄跑到天涯海角的边缘，向着眼下冰蓝色的大海，喃喃地呼唤。

Chapter 10 云的触感

"巫马聪，你好好听着。我不会原谅你。"

孔澄和巫马两人并排坐在机舱里。

巫马比平常沉默，对于尹纯选择的结局，他没说过一句话。

"欸？"巫马一脸莫名其妙地看向孔澄，"原谅我什么？"

孔澄心里更气。这个男人，一点也不明白她一直在气什么。

后知后觉，愚蠢迟钝，自负冷血的男人。

虽然，在尹纯坠崖后，巫马消失了一天一夜。

孔澄以为他又重施故技，不留一句话离开了，但第二天清晨，孔澄在天涯海角看见了他。

巫马站在天涯海角悬崖的边缘上，面对着冰蓝色的大海。

那背影沉默而孤独。

孔澄没有勇气走上前窥探巫马的表情。

她永远无法弄清他心里在想什么。

无论怎样摸索，永远只抓到他脱下来的壳。

永远无法洞悉他是个冷冰冰的机械铁甲人，还是打开那铁甲人的机关后，会发现一颗跃动奔腾的心。

孔澄一直注视着那背影，无法移动。

自相遇以后，无论是一起或分别的日子，她都强烈地意识到巫马的存在。

即是别过脸，还是在乎他的存在。

孔澄心里叹口气。

如果这样的感觉就是恋爱的话，那么，她的恋爱，在还未开始的时候，就已经结束了吧？

有些人，只能永远隔着遥远的距离注视。

孔澄回过神来，有点茫茫然地瞪着巫马。

要真正成为坚强的大人，就要在心里插上翅膀，才能飞到更高更远的地方吧？

"孔小澄，干吗一直瞪着我看，因为我脸孔长得太俊了吧？成熟男人的魅力，绝不是可以轻视的。"巫马打着哈哈笑说。

对了，他就是那样心理变态的自大狂，自己到底在想什么傻念头呀？

自己从来就不曾喜欢过他，一丁点的好感度也没有。

从。来。没。有。

孔澄气呼呼地瞪着巫马。

"我答应过你，会履行诺言，回去跟什么秘密警察做事的。我会成为比你更厉害的冥感者。但是，在我气下了，回复笑脸看着你的时候，还是请你记住，对于尹纯的事情，我还是不会原谅你。"孔澄一口气地说，"你出卖了我。"

巫马罕有地露出讶异的表情。

"啊，呀，原来是这样。"

巫马耸耸肩，把座椅调至半躺的位置，翻开机舱杂志，一把盖在脸上。

什么"啊，呀，原来是这样"？

这个男人，从来不辩解的吗？

对于尹纯的事情，他不打算辩解半句吗？

"喂，孔小澄，我要睡一睡。飞机降落的时候摇醒我。"

杂志下传来巫马含混不清的声音。

岂有此理。

孔澄简直想把杂志闷着他的鼻孔，把他弄至窒息。

我说永远不会原谅他哦。他完全不理睬我是什么意思？好歹也说几句安抚的话吧？

巫马用三秒钟就睡着了，胸膛很有韵律地起伏着。

孔澄尴尬地调开视线。

机舱窗外，飘浮着像棉花糖般的浮云。

恍如童话绘本绘画出的棉花糖浮云，在水蓝色的天空背景中，无限地延伸。

孔澄把脸凑近窗玻璃。

只能看见，无法触摸……

只是一次也好，好想体会云的触感。

孔澄把额头静静地抵在窗玻璃上。

（完）